Bücherwurm 4

Sachheft

Autorin und Autor:

Christian Felgner
Dana Graber

Beratung:

Peter J. Wichniarz

Ernst Klett Verlag
Stuttgart • Leipzig

Inhalt

Medien und Konsum

Im Alltag benutzen wir immer mehr digitale Medien. Ob Smartphone, Tablet oder Spielekonsole – viele Geräte nutzen wir täglich. Digitale Medien ermöglichen, dass fast überall auf der Erde Nachrichten und Bilder empfangen oder versendet werden können. Fernsehen oder Tageszeitungen erreichen viele Menschen gleichzeitig. Radio, Smartphone und Computer sind aus unserem Alltag nicht mehr wegzudenken.

○ 1 ab Lies den Text und unterstreiche die Medien.

◒ 2 × Welche Medien nutzt du? Trage ein. Wofür nutzt du sie? Kreuze an.

Medium	Spielen	Lernen	Recherche	Information	Unterhaltung	Kommunikation

◒ 3 Welches Medium nutzt du am häufigsten?

Aufmerksam im Internet

Im Internet kannst du aktuelle Informationen und Nachrichten bekommen.
Du solltest vorsichtig mit Suchergebnissen, Downloads und Nachrichten umgehen.
Jede Person kann mit einem Computer etwas im Internet veröffentlichen.
Dadurch kann es auch zu falschen oder fehlerhaften Informationen kommen.
Also nimm dir Zeit und nutze unterschiedliche Medien.

1 Worauf solltest du bei der Recherche im Internet achten?

	richtig	falsch
Verwende eine Kindersuchmaschine.		
Grenze die Suche durch zusätzliche Begriffe ein.		
Das erste Ergebnis ist das Beste.		
Viele Bilder bedeuten viele Informationen.		
Die Schreibweise des Suchbegriffs ist nicht wichtig.		

2 Welche Gefahren gibt es bei der Nutzung des Internets?

3 Welche Aussagen lassen dich an diesem Angebot zweifeln?

4 Wie würdest du überprüfen, ob die Nachricht stimmen kann?

Tom und Hanna suchen im Internet ein kostenloses Computerspiel. Das hat ihre Suche ergeben.

5 Schau dir die Links an. Welche würdest du Hanna und Tom empfehlen?

6 Warum hältst du die anderen Links für ungeeignet? Begründe.

7 Tom hat bei seiner Suche auf das Angebot für 4,99 € geklickt. Nun soll er seinen Namen und seine Adresse angeben. Was würdest du ihm raten? Begründe deine Meinung.

☐ Adresse eingeben ☐ nach einem anderen Spiel suchen ☐ seine Eltern fragen

☐ die Seite genau lesen ☐ ______

8 Sprecht über eure Erfahrungen mit Internetseiten. Welche Seiten verwendet ihr häufig? Warum?

MK Aufgabe 5–8

Der Einfluss von Werbung

Werbung ist fast überall zu finden. Geschickt wird versucht, zu beeinflussen, was wir kaufen sollen. Werbung nutzt bewusst gestalterische Mittel:

- Texte sind kurz und einprägsam (Slogans),
- ein Logo ist schnell wiederzuerkennen,
- Musik unterstützt die Werbeabsicht,
- Farben regen zum Hinschauen an,
- auch Düfte werden bewusst eingesetzt.

1. Wo hast du bereits Werbung bemerkt?

____

____

____

2. An welchen Werbespruch oder an welchen Werbespot erinnerst du dich?

____

____

____

3. Welches Produkt hast du schon einmal gekauft, weil du es in der Werbung gesehen hast? Was hat dich überzeugt?

____

____

____

4. Sammle verschiedene Werbeanzeigen aus Zeitschriften, Zeitungen oder Prospekten. Wähle eine Anzeige aus, die dich anspricht. Welche Informationen findest du heraus?

Was ist es für ein Produkt? ______________________________

Wie heißt es? ______________________________

Was ist „besonders“ an dem Produkt? (Was wird „versprochen“?)

____

Wie viel kostet es? ______________________________

Kommunikation

Ihr könnt fast immer miteinander kommunizieren. Sogar wenn ihr weit voneinander entfernt seid. Für einen Brief brauchst du nur einen Stift und Papier. Für eine E-Mail benötigst du ein technisches Gerät. Manchmal passt eine Art zu kommunizieren besser als die andere. Wie man miteinander kommuniziert, hängt also auch von dem Anlass ab.

1 Welchen Kommunikationsweg würdest du wählen? Verbinde.

Anlass	Kommunikationsweg
Geburtstag eines Freundes	Gedicht auf einem Schmuckblatt
Verabredung mit einer Freundin	Brief mit guten Wünschen
Beinbruch der Trainerin	E-Mail
70. Geburtstag der Oma	Glückwunschkarte
Anmeldung zum Fußballcamp	Internettelefonat mit Video
Dank für Geburtstagsgeschenk	persönlicher Besuch im Krankenhaus
Verwandten in Amerika die neue Katze zeigen	Telefonanruf
dem Bruder ein Foto schicken	Messenger-Nachricht

Ein Messenger ist ein Programm zur sofortigen Nachrichtenübertragung. Man kann sehr schnell Texte, Bilder, Videos und Sprachnachrichten austauschen.

2 Vergleicht eure Ergebnisse.

3 Welche Möglichkeit kennt ihr noch? Schreibt einen Anlass und den Kommunikationsweg auf.

Messenger-Dienste und soziale Netzwerke

WhatsApp, Instagram, Snapchat oder TikTok sind beliebte Treffpunkte im Internet. Dort kann man quatschen, Fotos und Videos hochladen und schauen, was andere so machen.
Aber: Diese Angebote darfst du erst ab 13 Jahre nutzen. Für manche Angebote musst du sogar 16 Jahre alt sein.
Und du darfst sie nur mit Erlaubnis und Hilfe deiner Eltern nutzen!

Beim Nutzen eines Messengers benötigst du die Telefonnummern oder E-Mail-Adressen deiner Freunde. Du weißt also, wer mit dir kommuniziert. In einem Chat legt man sich einen anonymen Benutzernamen zu und kennt die anderen Teilnehmer eventuell nicht.

1 Welche Dinge würdest du in einem Messenger schreiben oder veröffentlichen?

	ja	nein	vielleicht
Ich schicke Fotos von meinem Lieblingsessen.			
Ich schreibe, wen ich aus der Klasse nicht leiden kann.			
Ich spreche über meine Hobbys.			
Ich schicke Fotos und Videos von mir.			
Ich verabrede mich mit Freunden.			
Ich schicke Fotos meiner Geschwister.			
Ich schicke lustige Fotos meiner Klassenkameraden.			
Ich schicke meine persönlichen Daten (Adresse, Passwörter).			
Ich frage, welche Hausaufgaben wir aufhaben.			

2 Welche Dinge würdest du in einem Messenger nicht lesen oder sehen wollen? Begründe deine Meinung.

- Videos, in denen Tiere gequält werden
- Musikvideos
- Beleidigungen
- Urlaubsbilder meiner Freunde
- Bilder meiner Lieblingsbands
- Kettenbriefe
- peinliche Erlebnisse
- Bilder von Haustieren
- Verabredungen zum Eis essen

3 Was würdest du tun, wenn dir ein Freund ein Bild schickt, welches einen Klassenkameraden auf der Schultoilette zeigt?

Chatten

Menschen erzählen gerne ihre Erlebnisse oder teilen sie online in sozialen Netzwerken wie Snapchat, Instagram, Twitter oder Facebook mit anderen. Jedes Mitglied muss sich mit einem Profilnamen und einem Passwort einloggen.

Viele Inhalte sind für Kinder nicht geeignet. Es gibt kaum Kontrolle, wenn dir jemand Nachrichten schreibt oder ihr miteinander chattet.
Es gibt spezielle Netzwerke für Kinder.

- Hier wird darauf geachtet, dass sich alle Teilnehmenden an die Regeln halten.
- Die Beiträge werden geprüft, bevor sie veröffentlicht werden.
- Oft gibt es bestimmte Zeiten zum Chatten.

Was bedeutet …?
Nickname?
Ein Nickname bezeichnet einen Nutzernamen.

1 Ein Passwort für einen Chat darf von anderen nicht erraten werden. Welches Passwort ist sicher?

2 Halina hat sich für ihr Passwort einen Satz ausgedacht, den sie sich gut merken kann. Wie ist Halinas Passwort aufgebaut? Erklärt.

Ich habe zwei große Brüder und eine kleine Schwester. Passwort: **Ih2gB&1kS**

3 Stellt vier Regeln für richtiges Verhalten in einem Chat auf.

1. ______________________
2. ______________________
3. ______________________
4. ______________________

4 Was machst du, wenn sich jemand nicht an die Regeln hält?

- Ich reagiere nicht und warte ab.
- Ich reagiere sofort und erinnere an die Regeln.
- Ich verlasse den Chat.
- Ich versuche, das Thema zu wechseln.
- Ich schreibe der Person eine private Nachricht und frage, warum er das macht.

MK Aufgabe 1–4

Rechte im Internet

Texte, Bilder, Musik und Videos gehören meistens einer Person. Man nennt die Person Urheber oder Urheberin. Bevor du Daten, die nicht dir gehören, ins Internet stellst, musst du beim Urheber oder der Urheberin um Erlaubnis fragen.
Du darfst auch kein Foto von anderen Personen veröffentlichen, ohne sie zu fragen.

Was bedeutet ...?

Homepage?
Homepage bedeutet „Zuhauseseite". Gemeint ist damit die erste Seite, die sich öffnet, wenn man eine Internetadresse eingibt.

○ **1** Welche Daten darf man nicht auf der Schulhomepage verwenden? Kreuze an und begründe.

Eine Schülerin will ihren Bericht vom letzten Wandertag veröffentlichen. ☐	Das Musikvideo eines bekannten Sängers soll gezeigt werden. ☐
Ein Schüler möchte ein Kapitel aus seinem Lieblingsbuch öffentlich machen. ☐	Das Bild eines bekannten Malers soll für die Einstiegsseite genutzt werden. ☐
Das Foto vom Schulhaus soll im Internet gezeigt werden. ☐	Eine Schülerin hat ein lustiges Foto von der Schulleiterin gemacht. ☐

MK Aufgabe 1

Mobbing

1 Schau dir die Bilder an. Überlege, was passiert ist. Wie werden die Kinder gemobbt?

2 Was denkst du, wie fühlen sich die beiden?

____

____

____

3 Im Klassenchat wird ein Mitschüler immer wieder geärgert. Es werden peinliche Fotos gezeigt oder beleidigende Kommentare geschickt.

Was unternimmst du? Kreuze an.

- [ ] Ich informiere einen Erwachsenen.
- [ ] Ich beleidige den Mitschüler auch.
- [ ] Ich spreche den Absender am nächsten Tag persönlich an.
- [ ] Ich schreibe und sage gar nichts.
- [ ] Ich versuche die Fotos zu löschen.
- [ ] Ich blockiere den Absender solcher Nachrichten.
- [ ] Ich helfe dem Mitschüler, sich zu wehren.
- [ ] ______________________
- [ ] ______________________

4 Diskutiert in der Klasse. Wurdest du schon einmal gemobbt? Wie hast du dich gefühlt? Was hast du unternommen? → S. 87

MK Aufgabe 1–4

Werbung

Denke dir eine Werbung zu einem Produkt aus.
Du kannst einen Film drehen, einen Spot fürs Radio aufnehmen oder ein Werbeplakat gestalten. → S. 90/91
Überlege, was du benötigst, und wie alles ablaufen soll.

Spiele –Apps

Stelle deinen Mitschülern eine Spiele-App vor.
Erkläre, was du damit machen kannst.
Welche Vor- und Nachteile hat die App?

Klassenzeitung

Plane mit deinen Klassenkameraden eine Abschlusszeitung.
Überlegt euch zuerst gut, welche Themen ihr aufnehmen wollt.

Zum Beispiel:

- ein Deckblatt
- Fotos mit Steckbriefen von jedem Schüler und jeder Schülerin
- eine Witzeseite
- Seiten mit Klassenerlebnissen
- eine leere Seite für Wünsche und Sprüche von Kindern und Lehrkräften

Denke weiter

Was ist ein Hashtag?

Ich will Influencer werden! Ist das schwer?

Meine Frage:

Produkt, Aufnahmegerät, evtl. Bearbeitungssoftware, großer Bogen Papier / festes Papier oder Fotoalbum, Fotos / Tablet mit Spiele-App

Kindheit im Wandel der Zeit

um 1750

um 1900

1978

2016

Erst seit guten 100 Jahren müssen in Deutschland alle Kinder eine Schule besuchen. Davor konnte der Unterricht auch zuhause stattfinden. Viele Eltern waren zu arm oder wollten ihre Kinder nicht in die Schule schicken. Die Kinder mussten bei der Arbeit helfen. Vor allem waren es Mädchen, die keine Schule besuchen durften. Lebten Kinder in einem Dorf, dann war manchmal der Schulweg zu weit.
Seitdem hat sich vieles verändert: das Schulgebäude, die Unterrichtsräume, die Unterrichtsfächer, das Unterrichtsmaterial, die Klassengröße und die Lernformen.

1 Was siehst du auf den Bildern? Beschreibe die Schulsituationen.

2 Wähle ein Bild aus. Welche Unterschiede gibt es zu deiner Schule?

____

____

____

Schule früher und heute

Um herauszufinden, wie es früher einmal war, kannst du Zeitzeugen befragen. Zeitzeugen sind Menschen, die damals bereits lebten. Wenn es keine Zeitzeugen mehr gibt, musst du andere Quellen untersuchen. Solche Quellen können Bilder, Bücher, Briefe, Zeitungsartikel, Bauwerke oder Gegenstände sein.

Quellen aus der gleichen Zeit können unterschiedlich sein. Es kommt auf die Umstände an, unter denen die Quellen entstanden sind und genutzt wurden.

○ **1** Wie war deine Schulzeit bis jetzt? Fülle in der Tabelle Spalte 2 aus.

	ich	Mutter/ Vater	Oma/ Opa
Einschulungsjahr			
Wie viele Kinder waren in einer Klasse?			
Wie viele Jahre lernte die Klasse gemeinsam?			
Unterrichtsbeginn			
Unterrichtsende			
Pausenzeit in min			
Gab es Mittagessen in der Schule?			
War ein Hortbesuch möglich?			
Gab es Klassenfahrten?			
Anzahl der Hausaufgaben pro Woche			
Unterrichtsfächer (Abkürzungen)			
Gab es Computer in der Schule?			

◒ **2** Wie war es bei deinen Eltern oder Großeltern in der Schule? Suche dir zwei Personen aus und führe ein Interview mit ihnen. Nutze dafür die Spalten 3 und 4 in der Tabelle oben. → S. 86

◒ **3** Welche Gemeinsamkeiten und Unterschiede hast du festgestellt?

Meine Schule im Wandel der Zeit

1 Recherchiere zu deiner Schule. → S. 86

Name der Schule: ______________________

Adresse: ______________________

Anzahl der Klassen: __________ Anzahl der Lehrkräfte: __________

Es gibt Fachräume für: ______________________

____

Besonderheiten: ______________________

____

2 Recherchiere die Geschichte deiner Schule, zum Beispiel:
Wann wurde das Gebäude gebaut?
War es schon immer eine Grundschule?
Welche Traditionen gibt es? Seit wann? → S. 86

____

____

____

____

____

3 Gibt es heute noch Gegenstände oder Besonderheiten aus der Vergangenheit an deiner Schule?
Woran hast du erkannt, dass sie alt sind?

____

____

____

____

4 Fertigt eine Zeitleiste zur Geschichte eurer Schule an. Beginnt mit dem Gründungsjahr und endet heute. Verwendet Fotos und kleine Texte für besondere Ereignisse.

5 Stellt eure Zeitleisten im Schulhaus aus. Sucht einen geeigneten Platz und besprecht dies mit der Schulleitung. Begründet euer Vorhaben.

MK Aufgabe 1, 2

Kinder haben besondere Rechte

Jeder Mensch ist unterschiedlich. Trotzdem hat er von seiner Geburt an in jedem Land die gleichen Menschenrechte. Dazu zählen die Rechte auf Leben, eine eigene Meinung, eine Religion, sich zu informieren, sich zu versammeln, Selbstbestimmung, Bildung, Gleichberechtigung, Gleichheit vor dem Gesetz und viele mehr.
Da Kinder noch am Anfang ihres Lebens stehen, brauchen sie Erwachsene, die sie unterstützen. Seit 1989 gilt der 20. November als Weltkindertag. An diesem Tag haben die Vereinten Nationen die Kinderrechtskonvention beschlossen. Sie beinhaltet Grundrechte der Kinder, die in fast allen Ländern gelten. Jedes Land muss seine Gesetze so anpassen, dass die Kinderrechte eingehalten werden.

Gewusst?
Einmal im Jahr treffen sich Vertreterinnen und Vertreter aller 196 Länder der Welt (Vereinte Nationen, englisch: „United Nations“), um über weltweite Angelegenheiten zu sprechen.

Jedes Kind hat das Recht auf:

- einen Namen und eine Staatszugehörigkeit
- eine Familie und ein sicheres Zuhause
- Betreuung bei einer Behinderung
- Privatsphäre und gewaltfreie Erziehung
- Schutz vor wirtschaftlicher und sexueller Ausbeutung
- Bildung
- Gesundheit
- Spiel und Freizeit
- Gleichheit
- Mitbestimmung

1 Worauf hat ein jeder Mensch Recht? Markiere oben im Text.

2 Wähle dir ein Kinderrecht aus. Was wird in Deutschland getan, damit du dieses Recht hast?

____

____

____

____

____

____

3 Was bedeutet: „Man hat nicht nur Rechte, sondern auch Pflichten.“ Findet Beispiele.

UNICEF

UNICEF (englisch: **U**nited **N**ations **I**nternational **C**hildren's **E**mergency **F**und) ist das Kinderhilfswerk der Vereinten Nationen.
Es wurde 1946 gegründet, um Kindern in Europa nach dem Zweiten Weltkrieg zu helfen. Heute versucht es auf der ganzen Welt die Kinderrechte durchzusetzen und unterstützt Kinder und Familien in den Bereichen Gesundheit, Bildung, Ernährung und Hygiene. 1965 erhielt die Organisation den Friedensnobelpreis.

unicef für jedes Kind

Gewusst?
Alfred Nobel war der Erfinder eines Schießpulvers. Da seine Erfindung der Welt viel Unheil gebracht hat, stiftete er sein Vermögen einer Stiftung. Diese vergibt seit 1905 jedes Jahr fünf Nobelpreise an Personen, die der Menschheit den größten Nutzen gebracht haben.

1 Welche Aufgaben hat UNICEF?

2 Welches Kinderrecht wird hier verletzt?

Ich habe eine schlechte Note bekommen. Meine Mama hat deshalb zwei Tage nicht mit mir gesprochen.

____

____

Ich habe noch nie eine Schule besucht. Da die Schule zu weit weg ist, müsste ich in einem Internat wohnen. Das ist zu teuer.

____

____

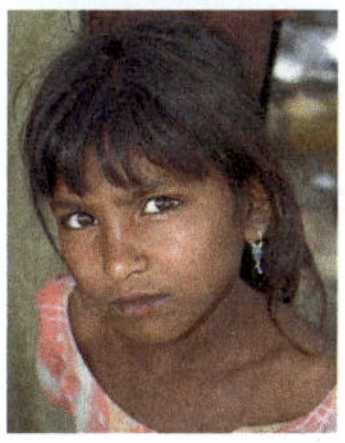

Das Gehalt meiner Eltern ist sehr gering. Deshalb müssen wir Kinder mitarbeiten.

____

____

In einigen Ländern sind die Lebenssituationen von Familien so, dass die Kinder nicht zu ihren Rechten kommen. Firmen aus Industriestaaten wie Deutschland lassen zum Beispiel Kleidung in diesen Ländern günstig produzieren. Sie ist bei uns deshalb so günstig, weil die Menschen dort sehr wenig Geld für ihre Arbeit bekommen. Um genug zum Leben zu haben, müssen auch die Kinder arbeiten. Es reicht also nicht aus, Kinderarbeit zu verbieten. Die Arbeiter müssen gerecht bezahlt werden. Wenn wir beim Einkaufen auf faire Ware achten, können wir einen Beitrag dazu leisten.

3 Wie kann dem Mädchen in Aufgabe 2, welches arbeiten muss, geholfen werden?

4 Recherchiere zu Hilfsaktionen von UNICEF. Bereite einen Vortrag vor. → S. 86, 88/89

MK Aufgabe 4

Weiterführende Schulen

In Sachsen endet die Grundschulzeit mit der vierten Klasse. Danach gehen alle Kinder auf eine weiterführende Schule. Es gibt die Oberschule, in der man nach der 9. Klasse den Hauptschulabschluss oder nach der 10. Klasse den Realschulabschluss machen kann. Mit beiden Abschlüssen kann man eine Berufsausbildung beginnen. Auf dem Gymnasium macht man nach der 12. Klasse das Abitur. Damit kann man einen Beruf erlernen oder sich für ein Studium an der Universität anmelden.
In der Mitte der vierten Klasse erhältst du von deiner Klassenlehrerin oder deinem Klassenlehrer eine Bildungsempfehlung. Hiermit sagt man dir, welche weiterführende Schule man dir empfiehlt. Die Entscheidung triffst du mit deinen Eltern. Du kannst auch später unter bestimmten Voraussetzungen die Schulform nochmal ändern.

Alle weiterführenden Schulen haben einen Tag der offenen Tür, an dem du dich mit deinen Eltern über die Schule und ihr Profil informieren kannst.

○ **1** Welche Schulabschlüsse gibt es an der Oberschule oder dem Gymnasium?

◒ **2** In welche weiterführende Schule willst du gehen? Begründe.

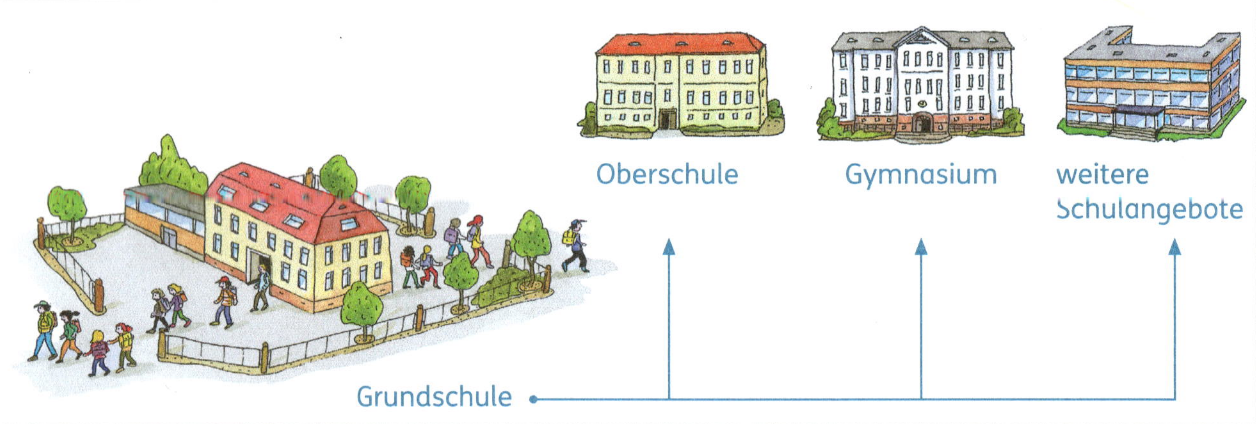

● **3** Welcher Beruf interessiert dich? Recherchiere dazu und halte einen Vortrag.
→ S. 86, 88/89

Welche weiterführende Schule passt zu mir?

Jeder Mensch ist anders. Wir haben alle verschiedene Talente und Eigenschaften, Wünsche und Interessen. Und das ist gut so! Damit du die für dich richtige Schule findest, musst du herausfinden, wer du bist und was du möchtest.

1 Wer bist du? Male, was dich ausmacht. Du kannst auch Symbole verwenden.

2 Welche Eigenschaften hast du? Befrage deine Mitschülerinnen und Mitschüler.

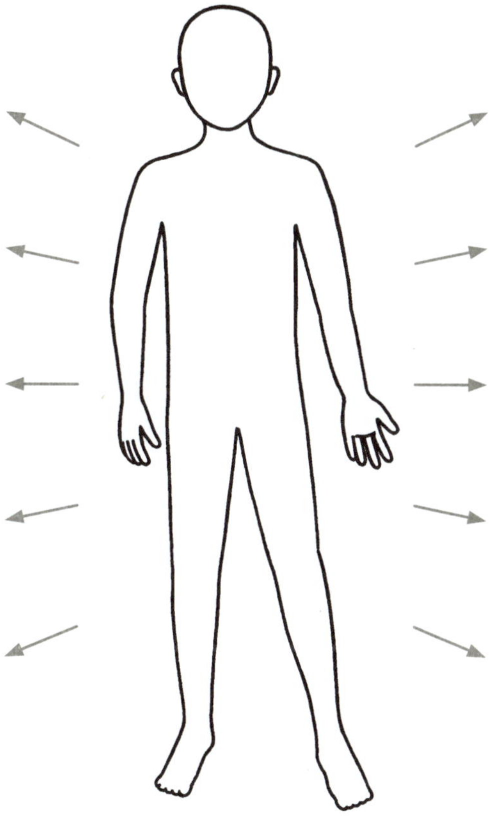

3 Was sind deine Lieblingsfächer?

4 Was fällt dir schwer?

5 Denkst du gern über Dinge nach oder arbeitest du lieber praktisch?

→ S. 92

Zeitleiste

Fertigt eine Zeitleiste zu eurer Person an. Beginnt mit eurer Geburt. Verwendet für die Ereignisse Bilder.

Schule früher und heute

Baut Lernstationen zum Thema auf. Wähle aus den Aufgaben einige aus, die dich interessieren, und bearbeite sie.

Handarbeiten früher

Entwirf ein Monogramm mit den Anfangsbuchstaben deines Namens. Du kannst mit verschiedenen Schriften arbeiten und zeichnen oder mit Kreuzstich sticken.

Schulbücher früher & heute

Fragt in euren Familien nach. Sammelt Schulbücher aus verschiedenen Jahren und vergleicht diese. Legt Kriterien fest.

Denke weiter

Warum gab es früher Schulen für Jungen und Mädchen?

Kann ich auch nach dem Realschulabschluss noch das Abitur machen?

Meine Frage:

Leine, Wäscheklammern, Fotos / KV: Lernstationen Schule früher, Feder mit Tinte/ Papier, Stift, evtl. Nadel, Faden, Stoff / Schulbücher aus verschiedenen Zeiten

Den Wald entdecken

In Deutschland gibt es Laub-, Nadel- und Mischwälder. Der Wald ist ein Lebensraum für Pflanzen, Tiere und Pilze. Die Nutzung des Waldes und sein Schutz sind uns Menschen sehr wichtig. Ein Ausflug in den Wald kann euch zeigen, was es alles zu entdecken gibt.

○ **1** Was interessiert dich zum Thema Wald? Stelle Fragen.

2 Plant eine Exkursion in den Wald. Welchen Wald könntet ihr besuchen? Was wollt ihr dort entdecken und erforschen? Was müsst ihr dafür vorbereiten? Welche Regeln müsst ihr beachten? Diskutiert und recherchiert. → S. 86, 87

MK Aufgabe 2

Der Wald als Lebensgemeinschaft

Pflanzen brauchen unterschiedlich viel Wasser, Nährstoffe und Licht zum Leben. Sie siedeln sich dort an, wo sie das bekommen, was sie brauchen.
Die meisten Bäume brauchen viel Wasser, Nährstoffe und Licht. Sie haben einen dicken Stamm und sind die höchsten Pflanzen des Waldes. Man nennt sie Lichtpflanzen.
Sträucher wie Haselnuss, Holunder und Brombeere hingegen kommen mit weniger Licht aus. Sie gehören zu den Halbschattenpflanzen. In der Krautschicht ist es meist dunkel. Hier überleben nur Gräser, Farne und Kräuter, die wenig Licht benötigen.
Es sind Schattenpflanzen. Eine einzige Ausnahme sind die Frühblüher wie das Buschwindröschen, die Schlüsselblume und der Bärlauch. Sie brauchen viel Licht. Damit sie das am Boden bekommen, blühen sie noch, bevor die Blätter an den Laubbäumen wachsen.
Der Wald wird in verschiedene Schichten eingeteilt. Jede Schicht hat andere Merkmale und Besonderheiten. Die Pflanzen, Tiere und Pilze haben sich an diese angepasst.

1 ab Wodurch wird das Vorkommen von Pflanzen beeinflusst?

2 Welche Schichten hat der Wald?

- Die Pflanzen der Krautschicht wachsen bis in 1 m Höhe. Sie haben hier Schutz vor starkem Regen und Wind.
- In der Wurzelschicht befinden sich die Wurzeln aller Pflanzen. Sie geben Halt und nehmen Wasser sowie Nährstoffe auf.
- Die Pflanzen der Kronenschicht bilden die höchste Schicht des Waldes. Die Bäume bekommen hier viel Licht für die Fotosynthese.
- Die Bodenschicht wird von Moosen, Pilzen und Flechten gebildet. Sie finden hier ausreichend Flüssigkeit.
- Die Strauchschicht umfasst Sträucher und junge Bäume bis 3 m Höhe. Hier sind sie vor starkem Wind geschützt.

Baum, Wald

Ein Wald besteht nicht einfach nur aus Bäumen und anderen Pflanzen. Er ist eine Gemeinschaft aus Pflanzen, Tieren und Pilzen. Sie stehen in Wechselbeziehungen zueinander und sind somit voneinander abhängig. Sie dienen sich gegenseitig als Nahrungsquelle, geben sich Schutz und eine Lebensgrundlage. Dabei entsteht ein ökologisches Gleichgewicht. Sobald ein Teil dieser Gemeinschaft wegfällt, ist auch das Gleichgewicht gestört und hat Folgen für alle Mitglieder.
Pflanzen sind die Nahrungsgrundlage der Tiere. Man nennt sie **Erzeuger.**
Tiere fressen Pflanzen oder andere Tiere, die sich von Pflanzen ernähren. Sie heißen **Verbraucher.**
Bakterien und Pilze verwandeln abgestorbene Pflanzenteile, Tierreste und von Tieren ausgeschiedene Abfallprodukte in nährstoffreichen Boden. Es sind **Zersetzer.**
Dieser nährstoffreiche Boden hilft den Pflanzen zu wachsen und somit wieder eine Nahrungsgrundlage für die Tiere zu schaffen. Der Kreislauf beginnt von vorn.

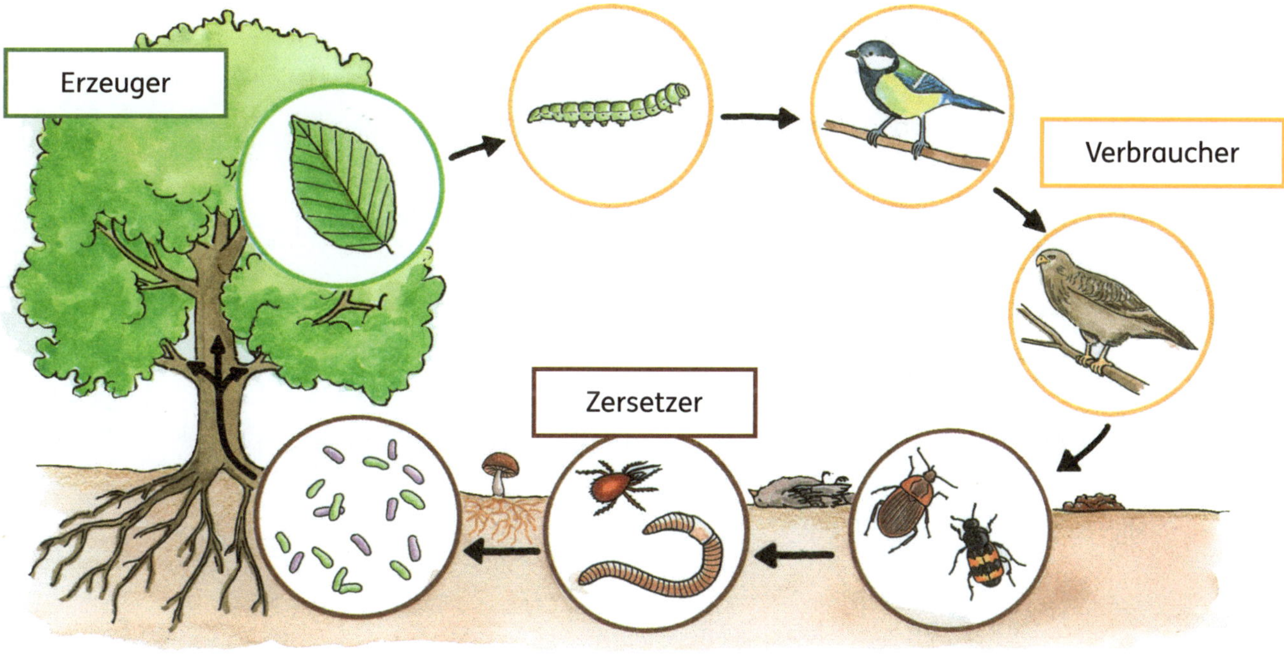

3 Warum ist der Wald eine Lebensgemeinschaft?

___

___

___

4 Wer macht was? Nenne jeweils ein Beispiel.

Erzeuger: ___

Verbraucher: ___

Zersetzer: ___

Der Boden

Der Boden dient dem Menschen als Anbaufläche für Nahrungs- und Futtermittel, als Rohstofflieferant sowie zur Reinigung und Speicherung von Trinkwasser. Pflanzen bekommen mit ihren Wurzeln im Boden Halt, notwendige Nährstoffe und Wasser. Für Tiere ist der Boden ein Lebensraum. Er bietet ihnen Schutz und Nahrung.
Die obere Schicht ist der dunkelbraune, nährstoffreiche Humus. Hier leben viele Tiere wie Regenwurm, Ameise oder der Ohrwurm. Sie halten den Humus locker. Dadurch gibt es viele Lufträume. Er lässt nur langsam Wasser durch. Darunter kommt eine gelb-graue, lockere, nährstoffarme Sandschicht. Sie speichert Wasser kaum. Ein Leben ist hier schwierig. Danach folgt eine graue Kiesschicht. Sie ist sehr wasserdurchlässig. Darunter befindet sich gestautes Grundwasser. Dafür braucht man eine Schicht, die nur wenig Wasser durchlässt. Diese ist gelb bis rötlich, besteht aus Lehm oder Ton und ist nährstoffreich. Das wenige Wasser, was es durch den Lehm schafft, sickert erneut durch Sand- und Kiesschichten und sammelt sich im darunterliegenden Hauptgrundwasser.

○ **1** Welchen Nutzen hat der Boden für Menschen, Tiere und Pflanzen? Unterstreiche mit der entsprechenden Farbe.

◐ **2** Welche Eigenschaften haben die einzelnen Schichten?

Farbe	Name	feucht	trocken	locker	fest	nährstoffarm	nährstoffreich	gut durchlässig	schlecht durchlässig	Lebewesen
	Humus									
	Sand									
	Kies									
gestautes Grundwasser										
	Lehm/Ton									
	Sand									
	Kies									
Hauptgrundwasser										

3 Untersucht in Experimenten die Wasserdurchlässigkeit und die Wasserhaltefähigkeit von zwei Bodenproben aus eurem Schulgelände. Achtet darauf, dass ihr jeweils die gleiche Menge an Boden und Wasser nutzt. → S. 86

Boden 1: ____________________ Boden 2: ____________________

Wasserdurchlässigkeit

Durch welchen Boden fließt das Wasser am schnellsten?

Vermutung: ____________________

____

Beobachtung: ____________________

____

Begründung: ____________________

____

____

Du brauchst:

- Bodenproben
- Gefäß mit Wasser
- Glasbehälter
- Filter mit Filterpapier
- Stoppuhr

Wasserhaltefähigkeit

Welcher Boden ist eher trocken?

Vermutung: ____________________

____

Beobachtung: ____________________

____

Begründung: ____________________

____

____

Du brauchst:

- zwei tiefe Teller
- Messbecher mit Wasser
- Bodenproben

Gewusst?

So kann man den Boden verbessern:
Kompostieren: pflanzliche Haushalts- und Gartenabfälle verwandeln sich in Dünger;
Mulchen: Bedecken des Bodens mit Rasenschnitt oder Laub;
Düngen: Jede Pflanze benötigt einen speziellen Dünger.

Merke!

Der Boden ist unsere Lebensgrundlage. Deshalb muss vor allem die Humusschicht erhalten werden.

Tiere des Waldes

Der Wald ist Lebensraum für viele Tiere, die sich an das Leben im Wald angepasst haben. Sie halten sich in unterschiedlichen Schichten auf und finden dort Nahrung und Unterschlupf. Zum Beispiel bauen Blaumeisen ihre Nester in der Strauchschicht, finden aber ihre Nahrung in allen Schichten des Waldes. Manchmal kann man auch seltene und geschützte Tiere entdecken.

○ **1** Welche Tiere erkennst du? Ordne die Zahlen zu. Nutze Bestimmungsbücher.
Wildschwein 1, Frischling 2, Reh 3, Fuchs 4, Eichelhäher 5, Specht 6, Ameise 7, Schnecke 8, Hirschkäfer 9, Mistkäfer 10, Dachs 11, Maus 12, Baummarder 13, Waldkauz 14, Eichhörnchen 15

○ **2** Welche Tiere hast du schon im Wald gesehen?

Wald

3 Welche Spuren kannst du im Wald finden?

Viele Tiere haben sich in ihrer Farbe an ihren Lebensraum angepasst. Einige sind sehr selten, scheu oder überwiegend nachtaktiv. Deshalb kannst du bei einem Waldspaziergang nur wenige Tiere sehen. Das heißt aber nicht, dass sie nicht dort leben. Wenn du genau hinschaust, entdeckst du Spuren von ihnen.
Es finden sich zum Beispiel Fraßspuren an Pflanzen. Als Losung bezeichnen wir von Wildtieren ausgeschiedenen Kot. Vögel würgen Unverdauliches wieder aus. In der Jägersprache heißt das Gewölle. Die „Fußspuren" heißen bei Tieren mit Hufen Fährte, bei Tieren mit Pfoten Spuren und bei Vögeln Geläufe.

Der Rotfuchs, das Wildschwein, das Reh und der Hase zählen zu den Säugetieren. Im Gegensatz zu den Vögeln legen sie keine Eier und brüten diese aus. Sie bringen ihren Nachwuchs lebend zur Welt und säugen ihn mit Milch, bis dieser groß und kräftig genug ist, um sich selbst zu versorgen. Säugetiere unterteilen wir in Pflanzen-, Fleisch- oder Allesfresser, je nachdem was sie fressen. Im Laufe der Zeit haben sich die Gebisse der Tiere ihrer Nahrung angepasst.

4 Welche Zähne haben die einzelnen Fresser? Wozu dienen diese?
Male aus: Schneidezähne – blau, Backenzähne – rot, Eckzähne – gelb, Reißzähne – grün und trage in die Tabelle ein.

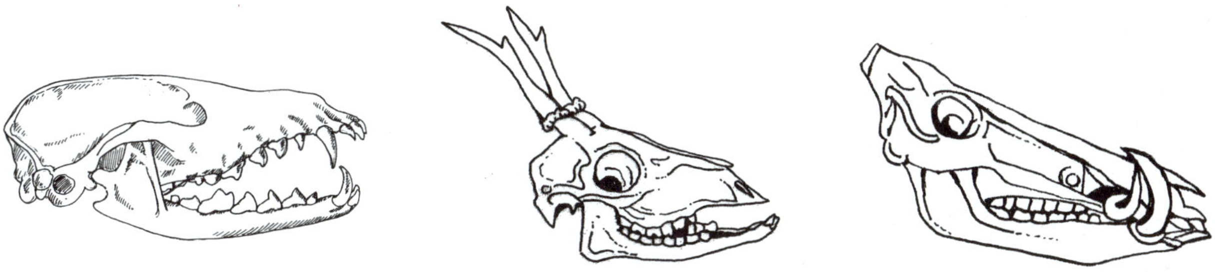

Fleischfresser — Pflanzenfresser — Allesfresser

Zahnart	Diese Zähne dienen dem …	Diese Zähne sind vorhanden bei …		
		Pflanzen-fresser	Fleisch-fresser	Alles-fresser
Schneidezahn	Abtrennen	X	X	X
Backenzahn				
Eckzahn				
Reißzahn				

Der Rotfuchs

Der Rotfuchs ist ein Raubtier. Er hält sich in Wäldern, im offenen Gelände, aber auch in Städten auf. Der Rotfuchs erreicht eine Körperlänge von etwa 65 cm. Sein buschiger Schwanz ist bis zu 40 cm lang. Das Fell ist rotbraun und am Bauch weiß. Der Bau des Fuchses ist der Mittelpunkt seines Lebensraumes. Oft gräbt er diesen aber nicht selbst, sondern übernimmt ihn von einem Dachs oder Kaninchen. Der Rotfuchs ist ein Allesfresser und sehr guter Jäger. Er jagt hauptsächlich Nagetiere, erlegt aber auch Hühner, Hasen und Kaninchen. Manchmal frisst er Insekten, Beeren und Früchte. Der weibliche Fuchs, auch Fähe genannt, wirft nach einer Tragezeit von ungefähr 50 Tagen zwei bis sieben Fuchswelpen. Der männliche Fuchs, der Rüde, überlässt die Aufzucht der Jungen dem Weibchen. Füchse können 10 bis 12 Jahre alt werden.

1 ab Welche Informationen brauchst du für den Steckbrief? Unterstreiche im Text.

2 Ergänze den Steckbrief zum Rotfuchs.

Name: ______________________ Größe: ______________________

Lebensraum: ____

____

Nahrung: _________________________

____

Fortpflanzung: ____________________

____

3 Warum sollte man einen toten oder scheinbar zahmen Fuchs nicht berühren? Recherchiere. → S. 86

MK Aufgabe 3

Das Wildschwein

Wildschweine leben in Wäldern, an Seeufern, in Schilfgürteln und Sümpfen. Der keilförmige Kopf geht fast ohne Hals in einen massigen Körper über, der mit einem braun-schwarzen Borstenfell bedeckt ist. Die Schnauze endet in einem Rüssel. Das männliche Wildschwein, auch Keiler genannt, verfügt über Hauer. Diese Eckzähne sind bei der Bache, dem weiblichen Wildschwein, kleiner. Wildschweine sind Allesfresser. Sie fressen Eicheln, Bucheckern, Knollen, Wurzeln, Larven, Pilze, Schnecken, Mäuse und tote Tiere. Sie können bis zu 200 kg auf die Waage bringen und fast einen Meter hoch werden. Die Bache bringt zwei bis acht Frischlinge zur Welt. Sie können sofort laufen und werden drei bis fünf Monate gesäugt. Es leben immer mehrere Bachen mit ihren Frischlingen und Jungtieren zusammen. Man nennt es Rotte. Die Keiler leben allein. Bachen können sehr aggressiv werden, da sie ihre Frischlinge stets verteidigen. Wildschweine können in Freiheit etwa 10 Jahre alt werden.

1 ab Welche Informationen brauchst du für einen Steckbrief zum Wildschwein?

2 Fertige einen Steckbrief zum Wildschwein an.

3 Ordne die Körperteile des Wildschweines zu. Nummeriere.

- 1 Kopf
- 2 Rumpf
- 3 Vorderbeine
- 4 Hinterbeine
- 5 Rüssel
- 6 Eckzähne, Hauer

4 Welche Feinde hat das Wildschwein? Recherchiere. → S. 86

MK Aufgabe 4

→ S. 93

Bedeutung und Gefährdung des Waldes

In den Wäldern Deutschlands gibt es 76 verschiedene Baumarten und über 1200 verschiedene Pflanzenarten.
Der Wald ist eine sehr produktive und wichtige Lebensgemeinschaft für Pflanzen, Tiere und den Menschen. Zum einen schützt er uns vor Wind, Lärm, Lawinen, Erwärmung und Überschwemmungen. Zum anderen liefert uns der Wald Nahrung, sauberes Wasser, Holz für den Bau von Häusern, Möbeln, Instrumenten, Spielzeug und für die Herstellung von Papier. Aber das allerwichtigste, ohne das wir nicht leben können: Er produziert Sauerstoff.
Jeder Eingriff des Menschen in diese Gemeinschaft verändert sie und ist eine Gefahr für uns alle. Wir müssen den Wald schützen.

1 Welche Bedeutungen hat der Wald für unsere Welt? Zeichne ein Bild über die Bedeutungen des Waldes.

2 Wähle eine Bedeutung aus. Was wäre, wenn der Wald diese verlieren würde? Welche Folgen hätte das für dich, die Menschen allgemein, die Tiere und die Pflanzen? Diskutiert darüber. → S. 87

Eine umfangreiche Fläche der Erde ist mit Regenwald bedeckt. Sehr große Teile davon werden täglich abgeholzt. Das hat schwere Folgen für uns alle.
Pflanzen können Kohlenstoffdioxid (CO_2) in Sauerstoff umwandeln. Wenn wir immer weniger Pflanzen haben, steigt der CO_2-Gehalt der Luft. Dadurch erwärmt sich die Erde. Diese Erwärmung lässt Gletscher schmelzen und den Meeresspiegel ansteigen. Es kommt zu Wetterextremen. Wir nennen es **Klimawandel.**
CO_2 entsteht zum Beispiel in Fabriken, durch Flugzeuge oder bei der Energieerzeugung. Wenn wir also sparsamer mit Energie umgehen, tun wir etwas gegen den Klimawandel.

Gewusst?
Greta Thunberg hat als 15-Jährige die Bewegung „Fridays for Future" begründet. Schülerinnen und Schüler auf der ganzen Welt haben sich geweigert, freitags zur Schule zu gehen.
Sie wollen erreichen, dass die Politik mehr für den Klimaschutz tut.

3 Wofür werden Regenwälder abgeholzt? Recherchiere und halte einen Vortrag.
→ S. 86, 88/89

4 Was kannst du tun, damit nicht so viel CO_2 entsteht?

5 Gibt es an eurer Schule bereits Umweltprojekte? Was könnt ihr tun?

MK Aufgabe 3

Regenwald

Domino zum Wald
Stellt ein Dominospiel über die Tiere, Pilze und Pflanzen des Waldes her.

Pilzplakat
Informiere dich über Pilze in deiner Umgebung. Fertige dazu ein Plakat mit Bildern, Namen und wichtigen Merkmalen an. Kennzeichne, ob die Pilze genießbar, ungenießbar oder giftig sind.

Papier herstellen
Du brauchst: Papierschnipsel, Wasser, getrocknete oder frische Blüten und Blätter, Bast oder andere Fasern, Ostereier-Farben

Werkzeuge:
Pürierstab, Schere, Eimer, Plastikgefäße, kleine Wanne, 2 kleine, alte Holzrahmen ohne Glas, Fliegengitter, mehrere Holzstäbe, dicker Filz- oder Fleecestoff, Gartenvlies und alte Lappen

Waldspiel

Baut einen Spielplan, erarbeitet die Spielregeln und Fragen über den Wald.

Denke weiter

Meine Frage:

KV: Domino Waldtiere und -pflanzen / Papier, Fotos, Bilder, Pilzbestimmungsbuch / Material zum Papierschöpfen (siehe oben) / KV: Waldspiel

Feuer und Wärme

Feuer ist eine Naturerscheinung. Die Urmenschen lernten den Nutzen und die Gefahren von Feuer kennen. Feuer spendete ihnen Wärme und Licht. Ihre Nahrung wurde durch die Zubereitung auf dem Feuer bekömmlicher. Ein Lagerfeuer bot ihnen Schutz vor wilden Tieren. Für uns Menschen ist es die wichtigste Entdeckung überhaupt.
Es ermöglicht unser heutiges Leben, stellt aber auch eine große Gefahr dar, wenn wir nicht sachgemäß damit umgehen oder seine Kraft unterschätzen.

○ 1 ab Wie hat der Urmensch das Feuer früher genutzt?

○ 2 Wie nutzt der Mensch das Feuer heute?

____

____

____

____

◒ 3 Vergleicht eure Ergebnisse. Ergänzt.

Was braucht Feuer zum Brennen?

Feuer braucht drei Voraussetzungen:
1. Sauerstoff
2. brennbares Material
3. Entzündungstemperatur

Entzieht man dem Feuer eine dieser Voraussetzungen, dann erlischt es. Die Menschen nutzen dieses Wissen beim Löschen von Bränden.

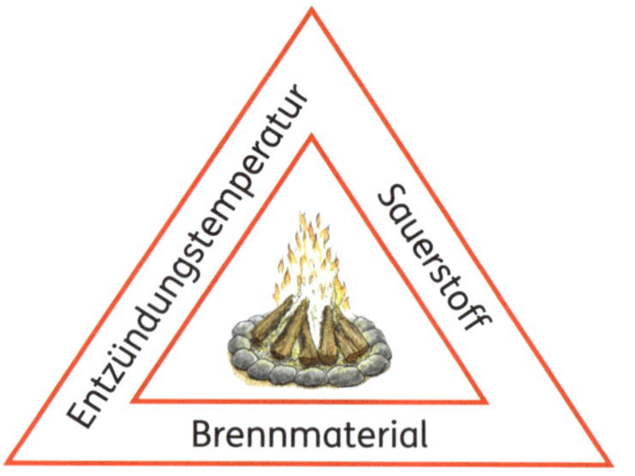

○ 1 Welche Regeln gelten beim Experimentieren mit Feuer? Fertigt ein Klassenplakat an.

Merke!
So gehst du richtig mit einem Streichholz um:
1. Schließe die Packung, nachdem du dir ein intaktes Streichholz genommen hast.
2. Halte es waagerecht. Fass es in der Mitte an.
3. Ziehe das Streichholz vom Körper weg über die Reibefläche.
4. Bewahre Ruhe und puste das Streichholz aus.

◒ 2 Wie kannst du beweisen, dass für ein Feuer drei Voraussetzungen gegeben sein müssen?
Überlege dir den Aufbau der Experimente und zeichne Skizzen. Führe die Experimente durch. Schreibe deine Beobachtung auf. → S. 85

Du brauchst:
- zwei Teelichter
- feuerfeste Unterlage
- 2 unterschiedlich große Gläser
- Streichhölzer

Experiment 1: Feuer braucht Sauerstoff.

Ich habe beobachtet, dass ______________________

____

____

____

____

Experiment 2: Feuer braucht brennbares Material.

Ich habe beobachtet, dass ______________________

Du brauchst:

- Teelicht
- feuerfeste Unterlage
- Pinzette
- Papierstreifen
- Streichhölzer

Experiment 3: Feuer braucht eine Entzündungstemperatur.

Ich habe beobachtet, dass ______________________

Du brauchst:

- Teelicht
- feuerfeste Unterlage
- Pinzette
- Metallsieb
- Papierstreifen
- Streichhölzer

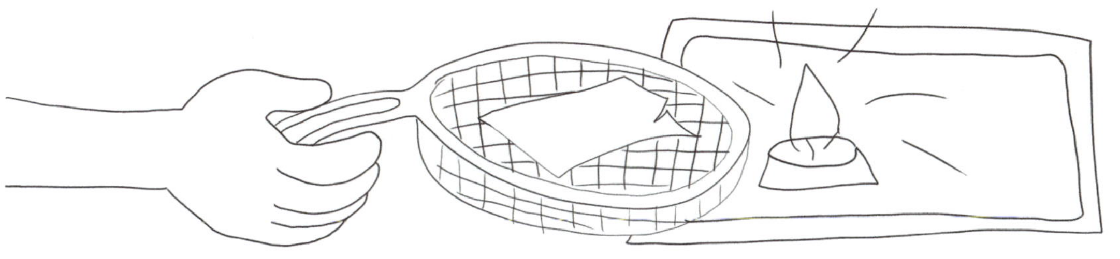

3 Drehe zu einem Experiment einen Film und erkläre, was passiert. → S. 90/91

Verantwortungsvoller Umgang mit Feuer

In heißen Sommermonaten können Waldbrände entstehen. Sie sind gefährlich für Mensch und Tier. Sie können durch Blitzschlag ausgelöst werden. Oftmals ist es aber der Mensch, der durch Unachtsamkeit, z. B. weggeworfene Zigarettenkippen oder unerlaubte Lagerfeuer, zum Brandstifter wird. Hier kann nur die Feuerwehr helfen.

Die meisten Brände sind Wohnungsbrände. Sie entstehen durch unbeaufsichtigte Kerzen, defekte Stromkabel, unsachgemäßen Umgang mit Feuerwerkskörpern oder beim zu starken Erhitzen von Fett oder Öl in einer Pfanne. Sollte das Feuer noch klein sein, kann man es selbst löschen. Hierbei ist es aber sehr wichtig, Ruhe zu bewahren, schnell zu handeln und die richtige Löschmethode anzuwenden.

1 ab Welche Ursachen gibt es für Brände in der Natur und zu Hause? Unterstreiche in der entsprechenden Farbe.

2 Wie kann man bei diesen Bränden reagieren? Manchmal sind mehrere Maßnahmen richtig.

warten, bis es abgebrannt ist

nach draußen ins Freie bringen

das Zimmer zügig verlassen

eine Decke darüber werfen

einen Eimer Wasser holen und darüber schütten

den Strom ausschalten

einen Erwachsenen holen

die Feuerwehr rufen

3 Warum darf ich brennendes Öl oder Fett niemals mit Wasser löschen? Recherchiere. → S. 86

MK Aufgabe 3

Feuerwehr

4 Wie brennt eine Kerze? Lies dir zuerst alle Textteile durch. Finde dann die richtige Reihenfolge.

1	Eine Kerze besteht immer aus Wachs und einem Docht.
	Unten am Docht beginnt das Wachs zu schmelzen. Wenn es flüssig ist, steigt es am Docht hoch.
	Die Rußteilchen in der Flamme beginnen zu glühen. Deshalb leuchtet die Flamme oben gelb und orange. Sie verbreitet Wärme und Licht.
	Du hältst die Flamme an den Docht, bis er brennt.
	Durch die Hitze an der Dochtspitze verdampft das Wachs. Mithilfe des Sauerstoffs aus der Luft brennt es.
	Bei der Verbrennung entstehen winzige Rußteilchen. Wenn du ein Glas über die Flamme hältst, kannst du sehen, wie der Ruß sich schwarz niederschlägt.
	Zum Anzünden brauchst du eine Feuerquelle. Das kann ein Streichholz oder ein Feuerzeug sein.

5 Was bedeuten diese Zeichen? Wie musst du dich verhalten?

6 Wo sind diese Zeichen in eurem Schulhaus zu finden?

7 Warum sind diese Zeichen dort angebracht?

Gewusst?
Japanische Forscher entwickelten einen Rauchmelder für Gehörlose, der über den Geruchssinn funktioniert. Tritt Rauch aus und der Feuermelder wird aktiviert, verströmt er einen sehr starken Geruch, der vom Wasabi-Meerrettich stammt. Davon wird der Gehörlose munter. Die Forscher erhielten für diese Erfindung den Nobelpreis für Chemie in der Sparte Kuriositäten.

Wärme leiten – Wärme halten

Stell dir vor, du lutschst ein Wassereis. Das Eis ist kalt und deine Zunge ist warm. Deine Zunge gibt die Wärme an das kalte Eis ab. Es schmilzt.
Wärme kann geleitet werden. Sie überträgt sich von einem wärmeren (deine Zunge) auf einen kälteren Körper (das Eis). Wasser ist ein schlechter Wärmeleiter. Deshalb schmilzt dein Eis auch nur langsam. Jeder Stoff leitet die Wärme unterschiedlich gut. Aber was ist nun ein guter und was ein schlechter Wärmeleiter?

1 Vermute, in welcher Reihenfolge die Materialien ihre Temperatur verändern, wenn du sie ins heiße Wasser stellst. Trage in die Tabelle unten ein.

Du brauchst:

- Holzbrett
- breites Gefäß
- Gegenstände, z. B. Löffel aus verschiedenen Materialien (Stahl, Kunststoff, Silber, Porzellan, Glas, Holz)
- heißes Wasser

2 Führt das Experiment durch. → S. 85
Ihr braucht so viele Kinder, wie ihr Materialien testen wollt. Stellt das Gefäß mit heißem Wasser auf ein Holzbrett. Jeder nimmt einen Gegenstand in eine Hand. Stellt nun alle zur gleichen Zeit den Gegenstand in das Wassergefäß. Nehmt ihn heraus, wenn ihr eine Temperaturveränderung spürt.

3 Was habt ihr beobachtet? Tragt die Reihenfolge in die Tabelle ein.

Material	Stahl	Kunststoff	Silber	Porzellan	Glas	Holz
Vermutung						
Beobachtung						

4 Welche Materialien sind gute und welche schlechte Wärmeleiter?

Gute Wärmeleiter nehmen schnell eine höhere Umgebungstemperatur an.	**Schlechte Wärmeleiter** nehmen langsam eine höhere Umgebungstemperatur an.

5 Welcher Gegenstand muss Wärme gut leiten? Begründe.

Aus welchem Material sind die Gegenstände?

6 Der Boden und der Griff einer Bratpfanne sind oft aus unterschiedlichem Material. Erkläre warum.

7 Finde Gegenstände in deiner Umgebung, die Wärme gut oder schlecht leiten müssen. Aus welchem Material sind sie?

Gewusst?

Luft ist ein schlechter Wärmeleiter. In einer Thermoskanne ist zum Beispiel zwischen der Innenwand und der Außenwand eine Luftschicht. Diese sorgt dafür, dass dein heißer Tee seine Temperatur nur langsam abgibt.
Dicke Winterjacken sind oft mit Daunen, also Federn, gefüllt. Federn haben immer den größtmöglichen Abstand zueinander. Dieser Abstand füllt sich mit Luft. Deshalb geben wir unsere Körperwärme bei niedrigen Außentemperaturen nur langsam ab und müssen nicht frieren.

Redewendungen zum Feuer

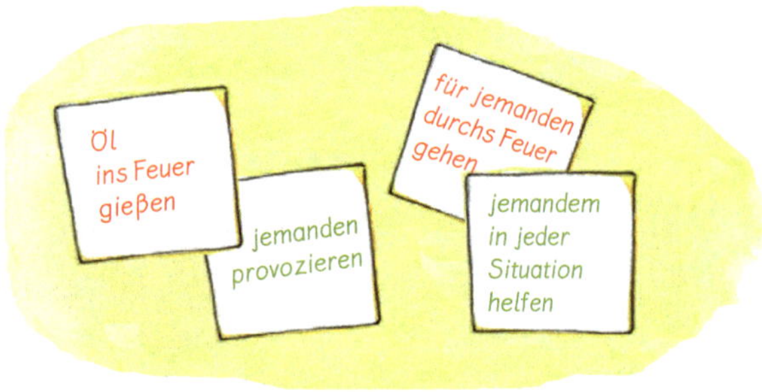

Findet selbst Redewendungen und erklärt sie.

Berufe nutzen Feuer

Erstelle eine Kartei. Recherchiere zu Berufe wie Heizer, Köchin, Feuerwehrmann, Köhler, Schornsteinfeger. → S. 86

Feuerlöscher

Baue einen Feuerlöscher. Halte die Schrittfolgen ein.
Du brauchst: eine Glasschale, eine feuerfeste Unterlage, Essig, eine Kerze, Backpulver, Streichhölzer.
Vermute, beobachte, und erkläre.

Sei vorsichtig!

Öllampe

Baut eine Öllampe. Verwendet ein Glas mit Metalldeckel. Bohrt ein Loch in den Deckel und zieht einen Baumwollfaden als Docht hindurch. Gießt Speiseöl in das Glas. Schraubt den Deckel zu. Wenn sich der Docht voll Öl gesaugt hat, könnt ihr ihn anbrennen.

Achtung, der Deckel kann heiß werden!

Denke weiter

Meine Frage:

KV: Feurige Redensarten / Karteikasten oder Schuhkarton, Karteikarten, Bilder, Computer mit Internetanschluss, Material zu Berufen, die Feuer nutzen / Material zum Experiment „Feuerlöscher" (siehe oben) / Glas mit Metalldeckel, Handbohrer, Baumwollfaden, Speiseöl, Streichhölzer

Körper und Gesundheit

Jeder Mensch verändert sich ein Leben lang. Besonders deutlich zeigt sich dies in der Pubertät – man wird erwachsen. Der Körper verändert sich innerlich und äußerlich. Die Gefühle „spielen verrückt“. In dieser Zeit entwickelt sich ein Mädchen zu einer Frau und ein Junge zu einem Mann. Sie werden geschlechtsreif und können Kinder zeugen.

1 Wie könnt ihr euch in der Klasse verhalten, damit es keinem peinlich ist, wenn das Thema Pubertät behandelt wird?

2 Welche Wörter im Cluster kennst du nicht?

3 Welche Begriffe sind für dich die wichtigsten? Du kannst auch eigene ergänzen.

→ S. 94

Mein Körper verändert sich

Wann jemand in die Pubertät kommt, ist immer unterschiedlich. Das ist völlig normal. Die inneren und äußeren Geschlechtsorgane wachsen bei allen Mädchen und Jungen unterschiedlich schnell. Die äußeren Geschlechtsmerkmale bilden sich unterschiedlich stark aus. In der Regel beginnt die Pubertät bei Mädchen eher.

Bei Mädchen wachsen die Brust, die Brustwarzen und die Vulva. Im Schambereich und in den Achselhöhlen wachsen Haare.

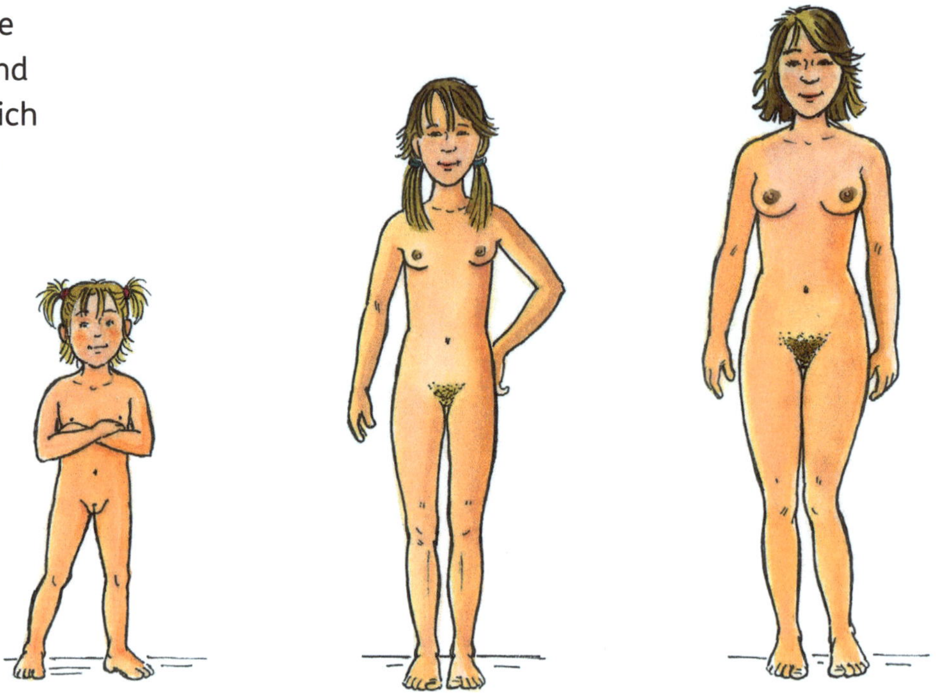

Bei Jungen wachsen erste Haare im Schambereich, in den Achselhöhlen, an den Beinen, auf der Brust und im Gesicht. Die Stimme wird tiefer und der Körper kräftiger. Die Schultern werden breiter. Der Penis und der Hoden werden größer.

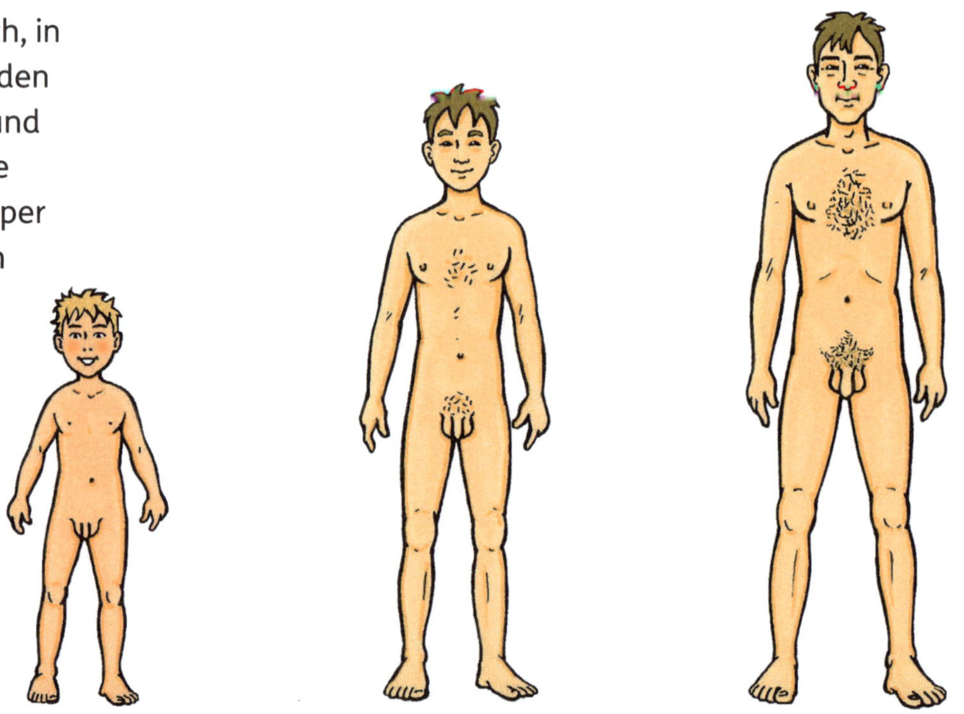

○ 1 Hast du Fragen zur Entwicklung von Jungen und Mädchen? Schreibe sie auf. Sammelt die Fragen und gebt sie eurer Lehrerin oder eurem Lehrer.

Auch im Inneren des Körpers gibt es Veränderungen. Die Geschlechtsorgane entwickeln sich und man wird geschlechtsreif. Das bedeutet, dass Mädchen Babys bekommen und Jungen Babys zeugen können.

○ **2** Wie heißen die inneren Geschlechtsorgane einer Frau? Ordne die Zahlen zu: Gebärmutter 1, Eileiter 2, Eierstock mit Eizellen 3, Scheide 4, Vagina 5

In den Eierstöcken der Frau befinden sich Eizellen. Alle vier Wochen wandert eine Eizelle durch den Eileiter in die Gebärmutter. Hier wird eine Schleimhaut produziert. Wenn die Eizelle befruchtet wurde, nistet sie sich dort ein. Ist sie nicht befruchtet worden, fließt die Schleimhaut aus der Scheide.
Man nennt es Menstruation oder Regel.

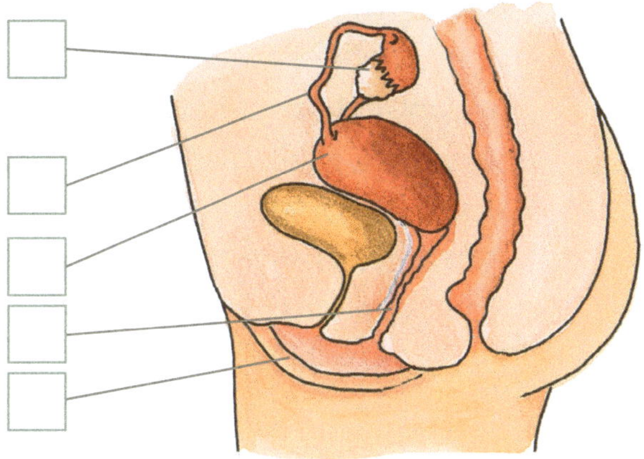

○ **3** Wie heißen die inneren Geschlechtsorgane eines Mannes? Ordne die Zahlen zu: Hoden 1, Nebenhoden 2, Samenleiter 3, Harn-Samen-Röhre 4, Penis 5

Im Hoden des Mannes werden die Samenzellen produziert und im Nebenhoden gelagert. Wenn der Penis steif ist, werden die Samenzellen durch den Samenleiter und der Harn-Samen-Röhre aus dem Penis gestoßen.
Das nennt man einen Samenerguss.

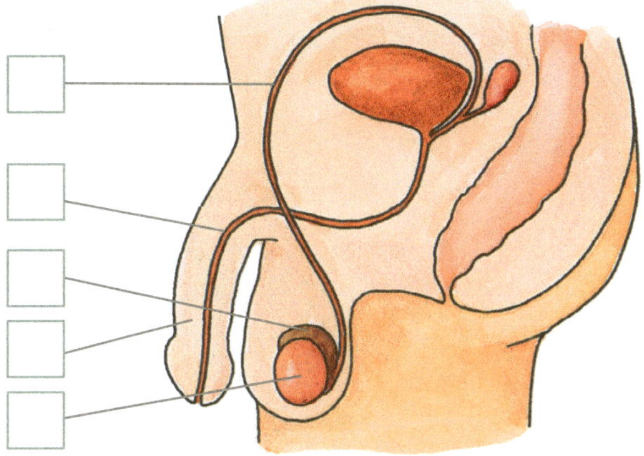

◒ **4** Warum sollten Mädchen über die Veränderungen bei Jungen und die Jungen über die Veränderungen bei Mädchen Bescheid wissen?

Durch die Produktion von Hormonen kann man stärker schwitzen. Dieser Schweiß kann unangenehm riechen. Deshalb ist eine gründliche Körperhygiene wichtig.

◒ **5** Was gehört zu einer gründlichen Körperhygiene?

Gefühle und Konflikte

Dein Körper produziert in der Pubertät Geschlechtshormone. Die verändern nicht nur deinen Körper, sondern auch die Gefühle, das Denken und das Handeln. Dinge, die dir immer gefallen haben, magst du plötzlich nicht mehr. Manches ist dir sogar peinlich. Das Aussehen, die Körperpflege und die Kleidung bekommen eine größere Bedeutung. Du möchtest vieles ausprobieren, um festzustellen, was dir gefällt. Das Lernen tritt manchmal in den Hintergrund. Enge Freundschaften werden dir wichtiger, machmal verliebst du dich in eine andere Person. Auch möchtest du verstärkt deine Ruhe und Privatsphäre. Mit deinen Eltern gibt es mitunter Probleme, weil sie dafür aus deiner Sicht kein Verständnis haben. Manchmal verstehst du dann selbst nicht, was mit dir los ist. Erwachsenwerden ist nicht leicht.

Gewusst?
Seit dem Jahr 2018 gibt es in Deutschland drei Geschlechter. Menschen, die sich in der Gesellschaft nicht einem Geschlecht (männlich oder weiblich) zuordnen lassen wollen oder können, nehmen das Geschlecht divers an.

1 Was verändert sich in der Pubertät? Unterstreiche im Text oben.

Beim Erwachsenwerden entwickelt man stärker eine eigene Meinung und spricht diese aus. Das ist wichtig und gut so. Hierbei kann es zu Streitigkeiten kommen. Wenn man dann nicht fair handelt, entsteht ein Konflikt. Konflikte sollte man immer klären.

2 Was ist für dich unfaires Verhalten? Notiere ein Beispiel. Sprich mit deinen Mitschülern und Mitschülerinnen darüber.

3 Wie kann man ein faires Gespräch führen? Findet Regeln.

Merke!
Um Konflikte sachlich zu klären, helfen diese Schritte:
- Ruhe
- Zeit nehmen
- Reden
- Zuhören
- Lösen

4 Denkt euch eine Geschichte zu unfairem Verhalten aus.
Dreht einen Film. → S. 90/91

Konflikt

Erwachsen werden heißt auch die Konsequenzen seines Handelns bedenken. Gerade in der Pubertät verändert sich vieles. Das bringt Unsicherheit. Man möchte doch alles richtig machen. So kann es passieren, dass man Dinge tut, die man eigentlich nicht möchte und später bereut. Alles, was du tust, hat Konsequenzen, und du trägst die Verantwortung.

Es ist wichtig, dass du „Nein" sagen kannst, auch, wenn es einem anderen nicht gefällt. Hör auf dein Bauchgefühl. Wenn du unsicher bist, sprich mit jemandem, dem du vertraust.

5 Wie sollen die Kinder entscheiden und welche Konsequenzen hat ihre Entscheidung für sie selbst? Diskutiert. → S. 87

Larissa hatte keine Lust Hausaufgaben zu machen. Sie möchte bei mir abschreiben. Lasse ich das zu?

Meine Freunde beschweren sich, dass ich keine Zeit mehr für sie habe, weil ich nach der Schule immer Computerspiele spiele.

Ich habe gesehen, dass mein bester Freund geklaut hat. Was soll ich tun?

Mein Freund spielt schlecht Fußball. Deshalb möchte ich ihn im Sportunterricht nicht in mein Team wählen.

Was bedeutet …?

Sucht
Man spricht von einer Sucht, wenn man von bestimmten Dingen oder Tätigkeiten abhängig ist. Das bedeutet, dass man nicht mehr ohne diese Dinge oder Tätigkeiten sein kann und immer mehr davon möchte.

6 Wonach können Menschen süchtig sein? Begründe.

Ein Baby entsteht

1 Lies die Texte und nummeriere sie in der richtigen Reihenfolge.

☐

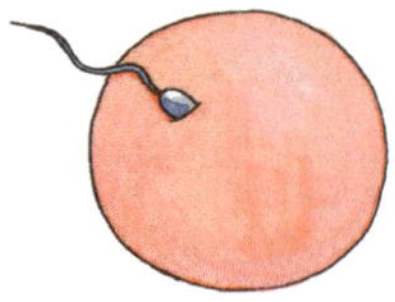

Das Spermium und die Eizelle verschmelzen miteinander. Diesen Vorgang nennt man Befruchtung. Nun kann sich ein Baby entwickeln. Man kann die Befruchtung verhindern, indem man verhütet. Dafür können verschiedene Mittel genutzt werden. Frauen können zum Beispiel die Antibabypille und Männer ein Kondom nehmen.

☐

Manchmal schlafen sie dann miteinander. Ein anderes Wort dafür ist Geschlechtsverkehr. Dabei wird das Glied des Mannes steif und die Scheide der Frau feucht. Wenn der Mann sein Glied in die Scheide einführt, ist das ein schönes Gefühl für die beiden.

☐

Wenn Frau und Mann sich lieben, möchten sie sich küssen, berühren und ganz nahe sein.

☐

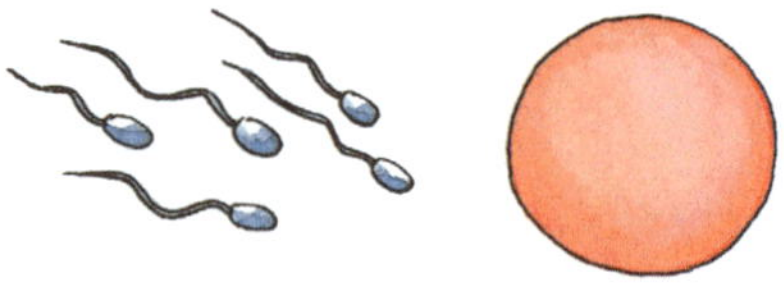

Wenn sie miteinander schlafen, kann es passieren, dass ein männlicher Samen, ein Spermium, aus dem Penis des Mannes auf eine Eizelle in der Gebärmutter der Frau trifft.

2 Manche Menschen verhüten, um kein Baby zu bekommen. Nenne mögliche Gründe dafür.

____

____

____

____

____

____

Ein Baby wächst und wird geboren

1 Wie entwickelt sich ein Kind vor der Geburt? Ordne den Fotos die richtigen Texte zu. Trage die Zahlen ein.

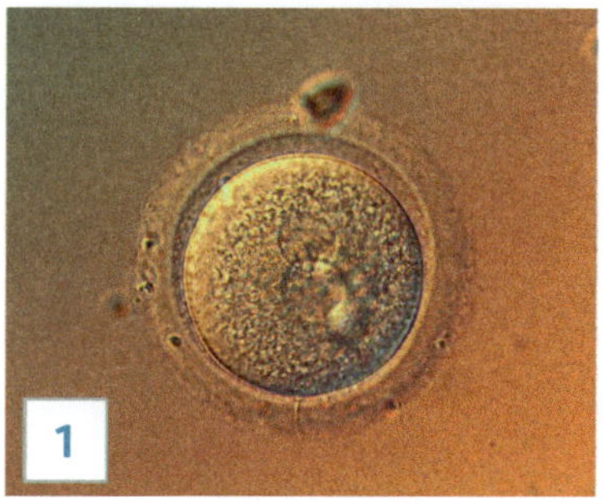

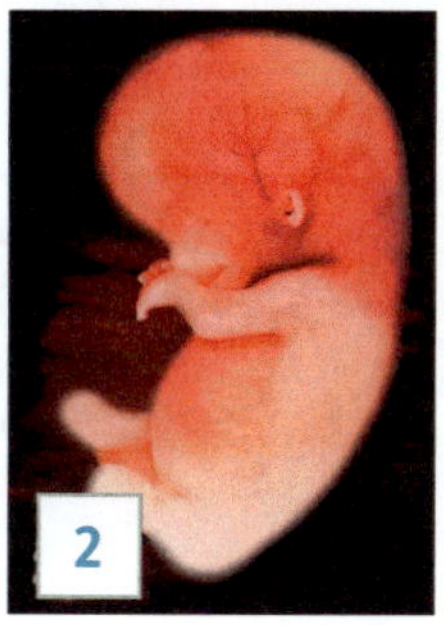

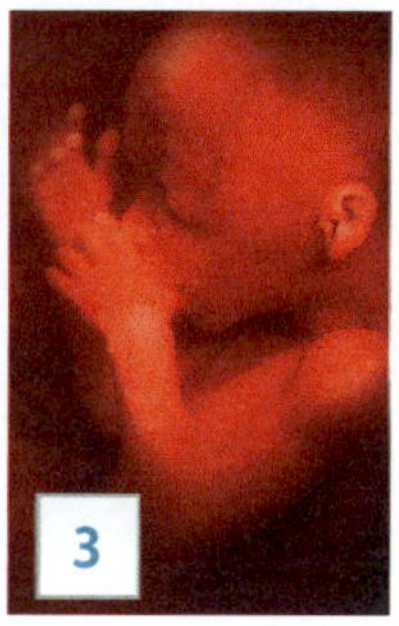

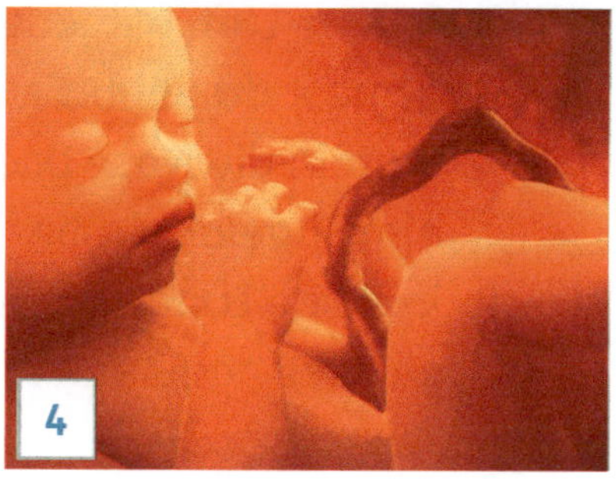

Der Embryo bekommt schon die Form eines Babys. Kopf und Körper sind zu erkennen. Arme und Beine wachsen. Das Herz schlägt. ☐

Die Samenzelle bohrt sich in die Eizelle und die beiden verschmelzen zu einer neuen Zelle. Aus dieser neuen Zelle entsteht ein Kind. ☐

Das Baby ist fast vollständig entwickelt. Der Platz im Mutterleib wird eng. Nur noch kurze Zeit, dann wird das Baby geboren. ☐

Das Baby ist jetzt sehr aktiv. Die Mutter spürt die Bewegungen wie ein Blubbern im Bauch. Das Baby kann schon schlucken und lutschen. Manchmal lutscht es schon am Daumen. ☐

2 Was findest du besonders beeindruckend?

____

____

3 Beschreibe, was ein Baby braucht, damit es ihm gut geht.

____

____

____

Atmung und Herzschlag

Für die meisten Vorgänge im Körper brauchen wir Sauerstoff. Darum benötigen wir immer frische Luft. Mit jedem Atemzug atmest du über die Luft Sauerstoff in die Nase oder den Mund ein. Er gelangt über die Luftröhre in deine Lunge. Dabei hilft dir ein Muskel: das Zwerchfell.

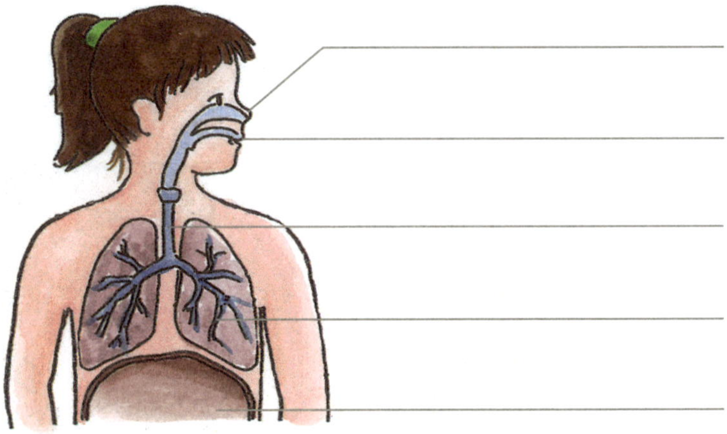

1 Welche Körperteile sind an der Atmung beteiligt? Beschrifte die Zeichnung.

Das Blut übernimmt von der Lunge den Sauerstoff. Das Herz pumpt das Blut mit dem Sauerstoff durch die Adern in alle Teile deines Körpers. Hat dein Körper den Sauerstoff verbraucht, fließt das nun sauerstoffarme Blut zurück zum Herzen und von dort wieder in die Lunge. In der Lunge wird dem Blut erneut Sauerstoff zugeführt und über das Herz wieder in alle Teile deines Körpers gepumpt. Wir nennen das den Blutkreislauf. Dieser versorgt dein Gehirn und deine Muskeln zum Beispiel mit Sauerstoff.

Merke!
Adern mit sauerstoffreichem Blut, die vom Herzen wegführen, heißen **Arterien**. Adern mit sauerstoffarmem Blut, die zum Herzen hinführen, heißen **Venen**.

2 Was ist der Blutkreislauf?

3 Wie oft atmest du ein, wenn du ruhig sitzt oder wenn du dich anstrengst? Probiert es aus.
Erspüre, wie sich dein Bauch beim Einatmen und Ausatmen verändert.
Zähle jeweils 30 Sekunden lang deine Atemzüge. Dein Partner oder deine Partnerin stoppt die Zeit. Tragt die Ergebnisse hier ein. Was stellt ihr fest?

in Ruhe

_______ Atemzüge

nach zehn Liegestützen

_______ Atemzüge

nach drei Minuten Pause

_______ Atemzüge

Atmung

Mit jedem Schlag pumpt dein Herz Blut durch deinen Körper. Diese Herzschläge nennt man Puls. Du kannst deinen Puls selbst messen. Am besten spürst du ihn da, wo das Blut dicht unter der Haut fließt. Das ist zum Beispiel am Hals oder am Handgelenk. Lege dafür den Zeige- und Mittelfinger deiner rechten Hand an.

4 Wie oft schlägt dein Herz, wenn du ruhig sitzt oder wenn du dich anstrengst? Probiert es aus.
Dein Partner oder deine Partnerin sucht deinen Puls am Handgelenk und zählt eine Minute lang deine Pulsschläge. Tragt die Ergebnisse hier ein.

in Ruhe

_______ Schläge in einer Minute

nach zehn Liegestützen

_______ Schläge in einer Minute

nach drei Minuten Pause

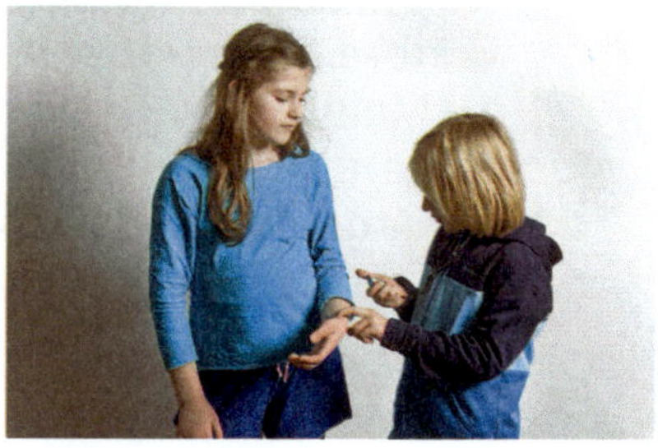

_______ Schläge in einer Minute

5 Vergleiche deine Ergebnisse mit anderen Kindern aus deiner Klasse. Was fällt dir auf?

6 Woran kann es liegen, dass die Ergebnisse so unterschiedlich sind?

- [ ] Wir sind unterschiedlich trainiert.
- [ ] Es liegt am Geschlecht.
- [ ] Es liegt an der Körpergröße.
- [ ] Es liegt am unterschiedlichen Blut.

7 Was ist richtig? Streiche das falsche Wort durch.

Je mehr du dich bewegst, umso mehr/weniger Energie braucht dein Körper. Deine Muskeln brauchen also mehr Sauerstoff, sodass wir öfter/seltener einatmen und das Herz langsamer/schneller schlägt. Dadurch werden alle Muskeln mit ausreichend Sauerstoff versorgt. Wenn das Herz das Blut losschickt, nennen wir das Pulsschlag. Je mehr du dich also anstrengst, umso häufiger/seltener ist dein Pulsschlag.

Gefühle darstellen

Wählt Gefühle und Stimmungen aus. Versucht, diese als Standfiguren darzustellen. Lasst die anderen raten.

Ich schenke dir ein Kompliment

Komplimente stärken das Selbstwertgefühl. Beschriftet Briefumschläge mit den Namen der Kinder in der Gruppe. Steckt Kärtchen hinein. Gebt die Briefumschläge reihum und schreibt Komplimente auf die Kärtchen. Anschließend kann jeder für sich seine erhaltenen Komplimente lesen.

Brief an die Eltern

Schreibe einen Brief an deine Eltern. Erkläre ihnen, dass es in der Pubertät zu Meinungsverschiedenheiten und anderem Verhalten kommen kann. Schlage deinen Eltern vor, wie ihr euch in solchen Situationen verhalten könnt.

Wie viel Luft ist in deiner Lunge?

Führt das Experiment durch. Schaffst du es, das Wasser komplett aus der Flasche zu pusten? → S. 85

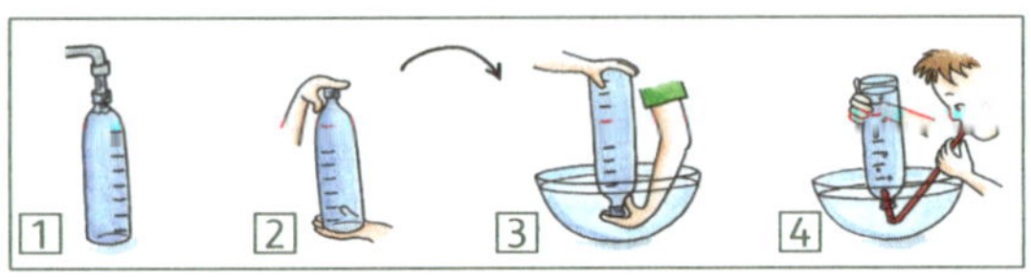

Denke weiter

Woran merkt man, dass man verliebt ist?

Warum wird meine Gesichtsfarbe rot, wenn mir etwas peinlich ist?

Meine Frage:

Briefumschläge, Kärtchen oder schönes Papier, Stift / Briefpapier, Briefumschlag / durchsichtige Flasche, wasserfesten Stift, Schüssel, Trinkhalme oder Schlauch, Wasser

Deutschland in der Welt

Es gibt acht Planeten, die die Sonne umkreisen. Einer von ihnen ist die Erde. Sie hat die Form einer Kugel. Wir unterteilen sie in die Nordhalbkugel und in die Südhalbkugel. Die Grenze dazwischen heißt Äquator.
Nur etwa ein Viertel der Erdoberfläche ist Land und drei Viertel sind Wasser. Die Landfläche ist in sieben Kontinente und zahlreiche Inseln unterteilt.

1 Warum wird die Erde als blauer Planet bezeichnet?

---

2 ab Wie heißt die Grenze zwischen Nord- und Südhalbkugel?

3 Was ist anders auf der Südhalbkugel? Recherchiere. → S. 86

MK Aufgabe 3

Erde, Sonnensystem

Deutschland in Europa

Der Kontinent Europa besteht aus fast 50 Staaten. Davon haben sich 27 Staaten zur Europäischen Union (EU) zusammengeschlossen. Diese Staaten haben sich zu einer friedlichen Zusammenarbeit verpflichtet. Deutschland ist einer davon.
Gemeinsam sind sie stark und können mehr erreichen. So haben sie gemeinsame Richtlinien für Handel, Verkehr, Forschung, Energie, Umwelt und Landwirtschaft. Sie helfen sich gegenseitig. Das erleichtert das Reisen, das Arbeiten oder das Verkaufen von Waren in einem anderen Land. In 25 Ländern Europas kannst du in der gleichen Währung, dem Euro, bezahlen.
Durch die EU kann Deutschland seine Waren in viele Länder leichter und günstiger liefern. Das schafft sichere Arbeitsplätze und ein gutes Einkommen.

Hast du schon einmal erlebt, dass ihr gemeinsam mehr erreicht? Wobei?

1 Was wird in deiner Nähe hergestellt? Fülle diese Tabelle aus. Recherchiere und halte einen Vortrag. → S. 86, 88/89

Firma	
Wo wird produziert?	
Entfernung zu deinem Wohnort	
Was wird produziert?	
Wie viele Mitarbeiter*innen gibt es?	
In welche Länder wird verkauft?	

2 Welches Produkt aus einem anderen Land kennst du? Fülle diese Tabelle aus. Recherchiere. → S. 86

Name des Produkts	
Was ist es?	
In welchem Land wird es hergestellt?	
Ist dieses Land Mitglied der EU?	

Deutschlands Bundesländer

Deutschland liegt in Europa und hat etwa 83 Millionen Einwohner.

Merke!
Die BRD ist ein Bundesstaat und besteht aus 16 Bundesländern.

1 Verbinde die Wappen und Angaben mit der Karte.

2 In welchem Bundesland lebst du? Male aus.

Niedersachsen
47.613 km²
7,794 Mio EW

Bremen
419 km²
0,681 Mio EW

Hamburg
755 km²
1,847 Mio EW

Schleswig-Holstein
15.799 km²
2,904 Mio EW

Mecklenburg-Vorpommern
23.191 km²
1,608 Mio EW

Nordrhein-Westfalen
34.092 km²
17,947 Mio EW

Brandenburg
29.483 km²
2,522 Mio EW

Hessen
21.115 km²
6,288 Mio EW

Berlin
888 km²
3,669 Mio EW

Saarland
2.569 km²
0,987 Mio EW

Sachsen-Anhalt
20.450 km²
2,195 Mio EW

Rheinland-Pfalz
19.854 km²
4,094 Mio EW

Baden-Württemberg
35.751 km²
11,100 Mio EW

Bayern
70.550 km²
13,125 Mio EW

Thüringen
16.172 km²
2,133 Mio EW

Sachsen
18.420 km²
4,097 Mio EW

3 Ergänze: Mein Bundesland ist an ______ Stelle nach der Flächengröße und an ______ Stelle nach der Bevölkerungsgröße.

Plakate zu den Kontinenten

Teilt die Klasse in Gruppen. Jede Gruppe fertigt ein Plakat zu einem anderen Kontinent an. Alle recherchieren zu denselben Fragen. Zum Beispiel: Anzahl der Länder, angrenzende Meere, Fläche, Einwohnerzahl, Tiere, Pflanzen. Vergleicht dann die Kontinente.

Reiseführer für dein Bundesland

Wähle ein Landschaftsgebiet oder eine Sehenswürdigkeit in deinem Bundesland aus und schreibe einen Steckbrief dazu. Suche passende Bilder im Internet. Erstellt mit euren Informationen einen Reiseführer.

Fahnen-Länder-Zuordnungsspiel

Schneidet Fahnen aus. Schreibt Kärtchen mit Ländernamen. Nehmt die Europakarte aus der Reisefibel. Denkt euch Spielregeln aus.

Stadt, Land, Fluss ...

Stadt	Land	Fluss	Obst	Gemüse	Sportart	Punkte

Legt eine Tabelle an und spielt das Spiel „Stadt, Land, Fluss“.

Denke weiter

Warum sind nicht alle Staaten Europas in der EU?

Warum ist die Arktis kein Kontinent?

Meine Frage:

Großer Bogen Papier, Vorlage der Kontinente, Bildmaterial, Computer mit Internetanschluss, Material zu den Kontinenten / Papier, Bilder, Computer mit Internetanschluss, Drucker, Material zu Sehenswürdigkeiten des Bundeslandes / KV: Europa-Trio / Papier, Stift

Gewässer erkunden

Gewässer unterteilen wir in Meere und Binnengewässer. Binnengewässer befinden sich auf dem Festland. Es gibt Fließgewässer wie den Bach, den Fluss und den Kanal. Sie haben fast immer eine Quelle und münden in ein anderes Gewässer. Außerdem gibt es Stillgewässer wie Tümpel, Weiher, See und Teich. Sie haben fast keine Fließgeschwindigkeit. Das Wasser steht. Alle Gewässer unterscheidet man anhand ihrer Größe, Wassertiefe und ob sie natürlich entstanden oder künstlich angelegt worden sind.

1 Vervollständige diese Übersicht.

Gewässer

____

Binnengewässer

________________ | ________________

z. B. Weiher, Teich, Tümpel
und ________________

z. B. Bach, Kanal
und ________________

2 Welche Gewässer sind künstlich angelegt und welche natürlich entstanden? Unterstreiche in Aufgabe 1 in der entsprechenden Farbe. Recherchiere! → S. 86

MK Aufgabe 2

Quelle

Tiere und Pflanzen im und am Gewässer

1 Wie heißen die Pflanzen und Tiere? Nummeriere. Nutze ein Bestimmungsbuch.
Seerose 1, Sumpfdotterblume 2, Hornblatt 3, Haubentaucher 4, Karpfen 5, Rotfeder 6, Rohrkolben 7, Stockente 8, Libelle 9, Frosch 10, Teichmuschel 11, Schilf 12, Fischreiher 13, Wasserlinse 14, Wasserläufer 15, Wasserschwertlilie 16

2 Ordne die Tiere des Weihers zu. Nutze die Ziffern aus Aufgabe 1.

Fische: ______________________________

Vögel: ______________________________

Insekten: ______________________________

Lurche: ______________________________

Merke!
Lurche leben an Land und pflanzen sich im Gewässer fort.
Fische haben Kiemen, keine Lunge.
Vögel haben einen Schnabel, Federn und Flügel.
Insekten haben drei Beinpaare, ihr Körper gliedert sich in drei Teile (Kopf, Brust, Hinterleib).

Gewässer sind wie der Wald ein Lebensraum für zahlreiche Pflanzen und Tiere. Diese bilden eine Gemeinschaft und bieten sich gegenseitig Nahrung, Schutz und eine Lebensgrundlage. Sie haben sich alle an diese besonderen Bedingungen angepasst. Sobald ein Teil dieser Gemeinschaft wegfällt, ist auch das Gleichgewicht gestört und das hat Folgen für alle Mitglieder.

3 Wie funktioniert der Nahrungskreislauf in einem sauberen Gewässer? Finde die richtige Reihenfolge.

1	Die Algen brauchen Nährstoffe zum Wachsen.
	Die Krebse ernähren sich von Wimperntierchen.
	Alte und kranke Fische sowie andere Lebewesen sterben.
	Die Fische fressen die Krebse.
	Die Wimperntierchen ernähren sich von Algen.
	Die toten Lebewesen werden von Bakterien vollständig zersetzt. Dabei entstehen Nährstoffe.

4 Was passiert, wenn ein stehendes Gewässer verschmutzt wird? Fülle den Lückentext.

Das Schmutzwasser enthält viele Nährstoffe. Wenn es viele Nährstoffe gibt, wuchert der Gewässerboden mit ________________ zu. Dann haben die ________________________ viel Nahrung und vermehren sich schnell. Das Gleiche gilt für die Krebse und Fische. Es sterben viel mehr Lebewesen. Obwohl sich nun auch die ________________________ vermehren, schaffen sie es kaum, alles zu zersetzen. Es bilden sich faulig riechende Stoffe. Der Sauerstoff zum Leben wird knapp. Das Gewässer ist gekippt.

Biotop

Anpassung an den Lebensraum Wasser

○ **1** Wie ist die Seerose an ihren Lebensraum Wasser angepasst?

Die Seerose gehört zu den Schwimmblattpflanzen. Sie wächst in stehenden oder nur sehr langsam fließenden Gewässern und blüht von Juni bis September. Ihre weißen, rosafarbenen oder gelben Blüten schließen sich nachts oder bei Regenwetter. Die Seerose hat Schwimmblätter. In ihnen befinden sich Luftkammern. Die Blattoberfläche ist mit Wachs überzogen und ermöglicht ein schnelles Abperlen des Wassers. Die Stängel sind elastisch und fest. Sie können sich dem Wasserstand anpassen. Auch in ihnen befinden sich Luftkammern. Die Wurzeln der Pflanze befinden sich im schlammigen Boden des Teiches.

○ **2** Führe die Experimente durch. → S. 85

Seerosenstängel
Fülle einen Ballon mit Wasser und einen Ballon mit Luft. Lege die Ballons in einen Behälter mit Wasser.

Du brauchst:
- 2 Luftballons
- Schüssel mit Wasser

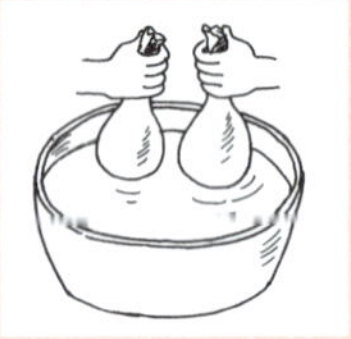

Vermutung: ______________________

____

Beobachtung: ______________________

____

Ergebnis: Die Seerosenstängel haben Luftkammern, damit ______________________

____

Seerosenblätter
Schneide 2 Blätter aus Papier aus. Reibe ein Blatt mit Wachs ein. Lege beide Blätter ins Wasser.

Du brauchst:
- Papier
- Schere
- Wachsmaler oder Kerze
- Schüssel mit Wasser

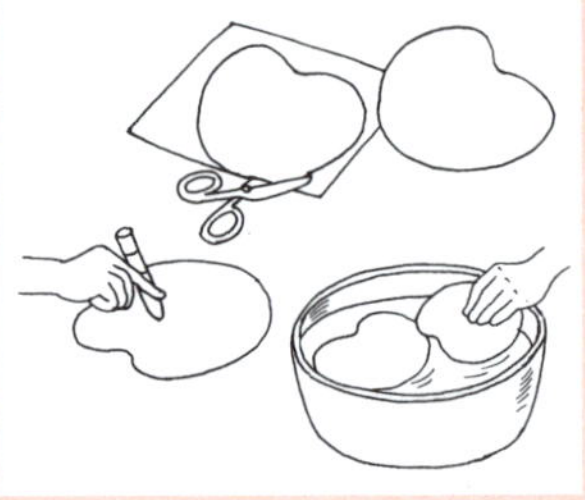

Vermutung: ______________________

____

Beobachtung: ______________________

____

Ergebnis: Die Seerosenblätter sind mit Wachs überzogen, damit ______________________

____

____

● **3** Frau Meier möchte ihrem Mann einen Seerosenstrauß zum Geburtstag schenken. Darf sie das? Begründe. Recherchiere! → S. 86

MK Aufgabe 3

○ **4** Wie ist die Stockente an ihren Lebensraum Wasser angepasst?

Die Stockente ist ein Wasservogel. Sie lebt an stehenden sowie auch an langsam fließenden Gewässern. Männliche und weibliche Tiere kann man gut aufgrund ihrer unterschiedlichen Gefiederfärbung unterscheiden.
Enten fetten ihr Federkleid ständig ein, damit kein Wasser eindringen kann. Die Bürzeldrüse, eine Drüse am Schwanz, produziert das Fett. Mit dem Schnabel verteilt die Ente dieses über ihren Körper.
Die Schwimmfüße der Enten ermöglichen eine gute Fortbewegung im Wasser. Zwischen den Zehen befinden sich Schwimmhäute. Beim Schwimmen bewegt die Ente die Füße vor- und rückwärts. Ähnlich einem Fächer spreizt die Ente die Zehen in der Rückwärtsbewegung und schließt sie in der Vorwärtsbewegung.

◒ **5** Führe die Experimente durch. → S. 85

Gefieder
Lege eine Feder aufs Wasser. Lege eine mit Spülmittel entfettete Feder daneben.

Du brauchst:
- 2 Federn
- Spülmittel
- Schüssel mit Wasser

Vermutung: ______________________

____

Beobachtung: ______________________

____

Ergebnis: Die Ente fettet ihre Federn, damit ______________________

____

Schwimmfüße
Paddle mit gespreizten Fingern durchs Wasser. Ziehe eine Plastiktüte über die Hand und paddle.

Du brauchst:
- Plastiktüte
- Schüssel mit Wasser

Vermutung: ______________________

____

Beobachtung: ______________________

____

Ergebnis: Die Ente hat Haut zwischen den Zehen, damit ______________________

____

● **6** Enten haben ein Untergefieder. Diese Daunen haben eine besondere Form und umhüllen Luft. Dadurch kühlt die Ente nicht aus. Wie nutzt der Mensch diese Besonderheit? Recherchiere. → S. 86

MK Aufgabe 6

Der Frosch

Moorfrosch

Wasserfrosch

Laubfrosch

1 Was erfährst du zur Nahrung, dem Lebensraum und den Fressfeinden des Frosches? Nutze die Farben.

Frösche leben an Tümpeln, Teichen oder Seen und auch auf dem Land. Tiere, die diese beiden Lebensräume bewohnen können, heißen Lurche oder auch Amphibien.
Der Körper des Frosches ist rundlich und gedrungen. Die Hinterbeine sind lang und kräftig, im Gegensatz zu den kurzen Vorderbeinen. Frösche, die meist im Wasser leben, besitzen Schwimmhäute zwischen den Zehen. Damit können sie sich im Wasser schnell bewegen. Das breite Froschmaul ist zahnlos. Ihre Beute fangen sie mit der langen Zunge. Frösche ernähren sich zum Beispiel von Würmern, Schnecken, Fliegen, Wasserflöhen oder Mücken. Lediglich der männliche Frosch kann quaken. Während der Paarungszeit werden damit weibliche Tiere angelockt und das Revier markiert.
Den Winter überleben die Frösche an einem geschützten Ort in Winterstarre.
Der Frosch hat verschiedene Fressfeinde innerhalb der Entwicklungsstadien.
So fressen beispielsweise Enten den Laich, Wasserkäfer die Kaulquappen und Füchse oder Störche die Frösche.

Gewusst?
Weltweit gibt es über 2600 Froscharten. In Deutschland leben sieben: Gras-, See-, Spring-, kleiner Wasser-, Teich-, Moor- und Laubfrosch. Kleiner Wasserfrosch, Laubfrosch und Moorfrosch sind vom Aussterben bedroht.

2 Wie heißen die Körperteile des Frosches?

S. 95
Amphibien

○ **3** ab Wie entwickelt sich ein Frosch? Unterstreiche wichtige Informationen.

Die Entwicklung eines Frosches verläuft in mehreren Stufen.
Das wird Metamorphose genannt.

1 Der weibliche Frosch legt im Frühjahr bis zu 4000 Eier in gallertartigen Hüllen im Wasser ab. Diese nennt man Laich. Der männliche Frosch befruchtet die Eier.

2 Nach ca. fünf Tagen schlüpfen die Kaulquappen aus der Eihülle. Sie haben einen Schwanz und atmen durch Kiemen wie die Fische.

3 Nach ca. zwei Monaten wachsen die Hinterbeine, später werden die Vorderbeine sichtbar. Der Schwanz bildet sich in dieser Zeit zurück.

4 Nach einigen Tagen gehen die kleinen Frösche, die inzwischen mit der Lunge atmen können, an Land.

Nach etwa zwei Jahren sind die Frösche geschlechtsreif und der Kreislauf kann neu beginnen.

◒ **4** Ordne die Texte von Aufgabe 3 den Bildern zu. Nummeriere.

Gewusst?
Metamorphose ist ein Wort aus dem Griechischen und heißt Verwandlung. Beim Frosch ist es die Verwandlung einer Kaulquappe in einen „fertig" entwickelten Frosch. Dabei vollziehen sich neben den äußeren, gut beobachtbaren, auch zahlreiche innere Veränderungen.

◒ **5** Herr Müller hat einen kleinen Teich in seinem Garten. Er möchte sich von einem nahe gelegenen Weiher einen Frosch holen. Darf er das? Begründe. Recherchiere! → S. 86

MK Aufgabe 5

→ S. 95

Wasserlupe und Kescher

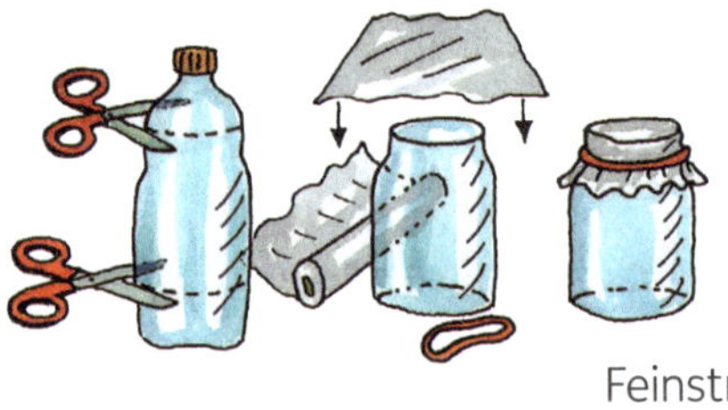

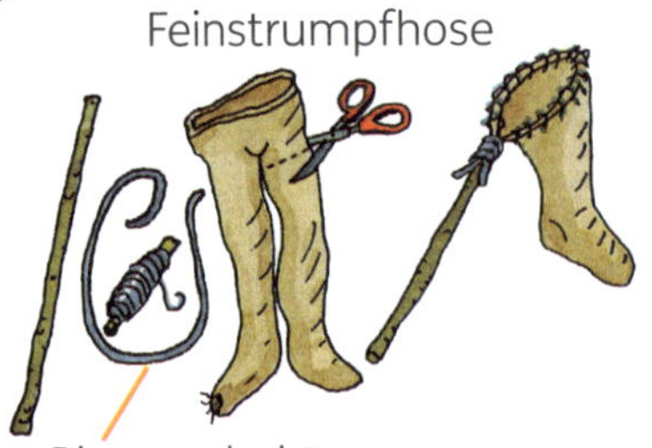

Baue die Hilfsmittel zum Erkunden eines Gewässers nach den Anleitungen.

Was bedeuten diese Schilder?

Recherchiere, was diese Hinweisschilder bedeuten. Stelle ein Plakat mit Erklärungen und entsprechenden Verhaltensregeln her. → S. 86

Auswirkungen von Wasserverunreinigungen

Führe das Experiment durch.
Was bedeutet diese Verunreinigung für den Wasserläufer?

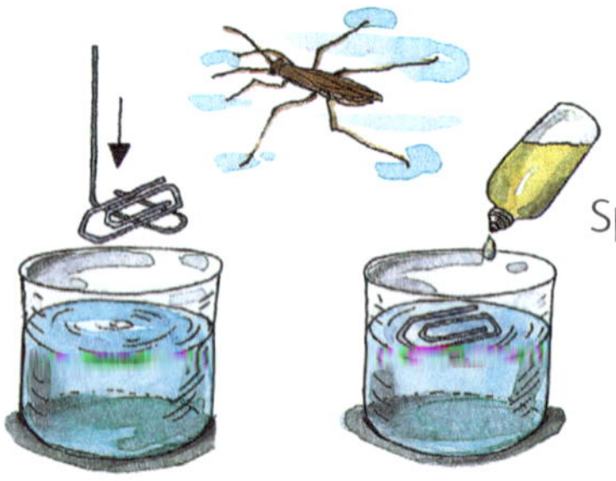

Steckbrief – Gewässer in unserer Umgebung

Welche Gewässer gibt es in deiner Umgebung? Recherchiere. → S. 86
Fertige einen Steckbrief zu einem Gewässer in deiner Umgebung an.

Name: *Cospudener See*
Bezeichnung: *Binnensee*
Tiefe: *maximal 55 Meter*
Besonderheiten: *künstlich angelegter See, ehemaliges Tagebaugebiet*

Denke weiter

Was bedeutet „Gründeln" bei Enten?

Der Frosch ist ein wechselwarmes Tier. Was bedeutet das?

Meine Frage:

Plastikflasche, Schere, Folie, Gummiring; Stock, Draht, alte Feinstrumpfhose, Nadel, Faden / digitales Endgerät mit Internetanschluss, Drucker, großer Bogen Papier / Schüssel mit Wasser, Büroklammer, Spülmittel / Papier, Bilder, Stift, evtl. Computer mit Drucker

Sicher im Verkehr

1 Wie kommen die Kinder zur Schule? Kreise alle Verkehrsmittel grün ein.

2 Welche Gefahren erkennst du? Kreise rot ein.

3 Wie kommst du zur Schule? Wie lang ist dein Schulweg?

____

____

Mobilität

Der Verkehr hat sich in den letzten Jahrzehnten sehr verändert. Es gibt viel mehr Autos auf den Straßen und viel mehr Flugzeuge in der Luft.
Zunehmender Verkehr hat Auswirkungen auf Klima, Umwelt und Gesundheit. Um diese Auswirkungen zu verringern, muss sich der Verkehr ändern. Wir können zum Beispiel häufiger Busse, Straßenbahnen, den Zug sowie das Fahrrad nutzen.

1 Führt Verkehrszählungen zu unterschiedlichen Zeiten durch. Trage deine Beobachtungen in die Tabelle ein.

Verkehrszählung am : ____________________

Straße, Ort: ____________________

Zeitraum: ____________________

Fußgänger	**Fahrrad/Roller**	**Auto**	**Bus/Bahn**

Verkehrszählung am : ____________________

Straße, Ort: ____________________

Zeitraum: ____________________

Fußgänger	**Fahrrad/Roller**	**Auto**	**Bus/Bahn**

2 Welches Verkehrsmittel hast du am häufigsten beobachtet?

3 Wie könnte man den Verkehr umweltfreundlicher verändern?

Schnell – bequem – günstig – umweltfreundlich?

Familie Schmidt wohnt in Leipzig und möchte einen Ausflug nach Berlin machen. Sie überlegt, welches Verkehrsmittel sie nutzt. Sie möchte darauf achten, sich möglichst umweltfreundlich fortzubewegen. Im Internet findet sie einen CO_2-Rechner für die Verkehrsmittel. Daraus erstellt sie sich diese Übersicht.

Fahrzeug	Kosten für die ganze Familie hin und zurück	Zeitaufwand Fahrzeit hin und zurück	CO_2-Ausstoß
Elektro-Auto	18 Euro	4,5 Stunden	6,5 kg
Benzin-Auto	34 Euro	4,5 Stunden	9,5 kg
Bahn (ICE)	150 Euro	3 Stunden	6,8 kg
Fahrrad	0 Euro	18 Stunden	0,0 kg
Fernbus	140 Euro	4,5 Stunden	4,4 kg

Gewusst?
Kohlenstoffdioxid (CO_2) ist ein Gas. Es ist maßgeblich für die Erderwärmung und somit auch für den Klimawandel verantwortlich.

1 Finde aus der Tabelle oben heraus:

Verkehrsmittel mit dem höchsten CO_2-Ausstoß: ______________________

preiswertestes Verkehrsmittel: ______________________

schnellstes Verkehrsmittel: ______________________

2 Welches Verkehrsmittel wäre am umweltfreundlichsten und kostengünstigsten? Welche Nachteile hat es?

3 Welche Möglichkeiten würdest du wählen? Begründe.

____

____

____

____

4 Was könnte die Entscheidung der Familie Schmidt noch beeinflussen?

____

____

Wichtige Verkehrsregeln kennen

1 Wie heißen diese Verkehrszeichen? Wie verhältst du dich an ihnen, wenn du mit dem Fahrrad unterwegs bist?

	Fußgängerüberweg	Ich habe Vorfahrt.
	Vorgeschriebene Fahrtrichtung	Ich halte an der Haltelinie und gewähre Vorfahrt.
	Einbahnstraße	Ich muss auf Fußgänger achten und anhalten, wenn ein Fußgänger die Straße überqueren möchte.
	Vorfahrtsstraße	In die Straße darf ich von dieser Seite nicht einfahren, es ist eine Einbahnstraße.
	Vorfahrt gewähren	Ich muss den anderen Fahrzeugen die Vorfahrt lassen.
	Vorfahrt	Ich darf nur in eine Richtung weiterfahren, nach links.
	Stoppschild	Ich darf in dieser Straße nur in der Pfeilrichtung fahren.
	Verbot der Einfahrt	Ich muss warten, bis kein Fahrzeug mehr kommt. Dann kann ich in den Kreisverkehr einfahren.
	Kreisverkehr	An der nächsten Kreuzung habe ich Vorfahrt.

2 Wer hat Vorfahrt und darf zuerst fahren? Nummeriere.
Begründe deine Antwort. Schreibe die entsprechende Vorfahrtsregel auf.

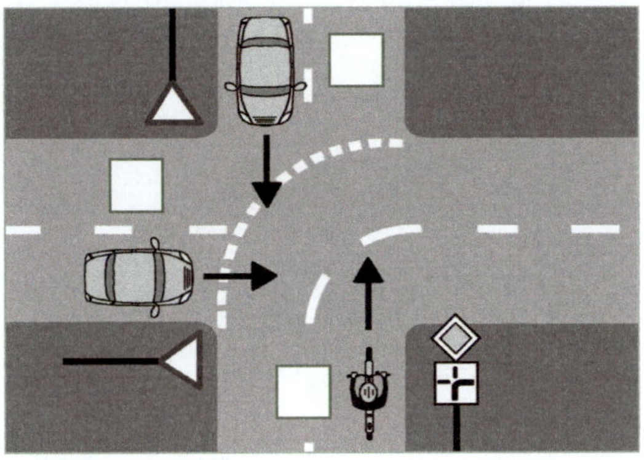

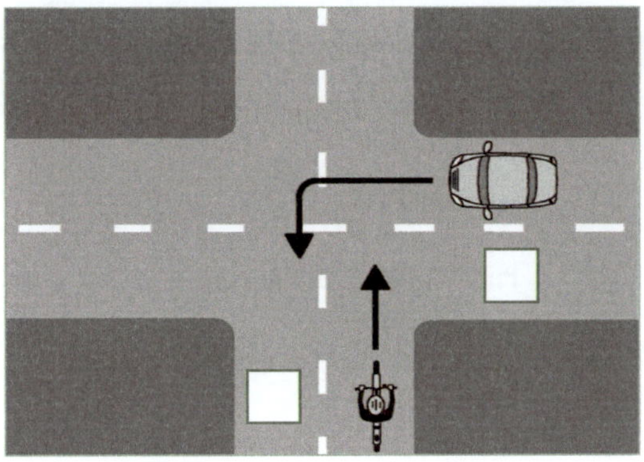

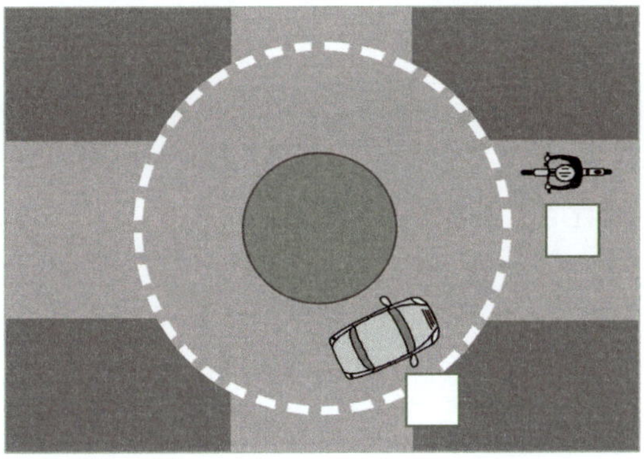

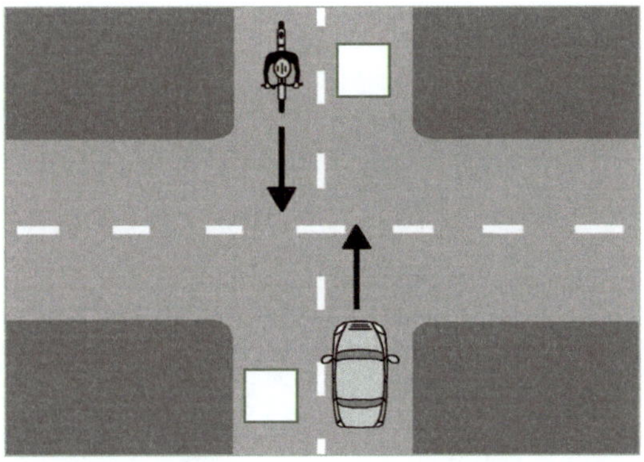

3 Welche Verkehrszeichen könnte der Radfahrer sehen? Ergänze die Ampelsignale auf Bild 1 und die Verkehrsschilder auf Bild 2. Begründe.

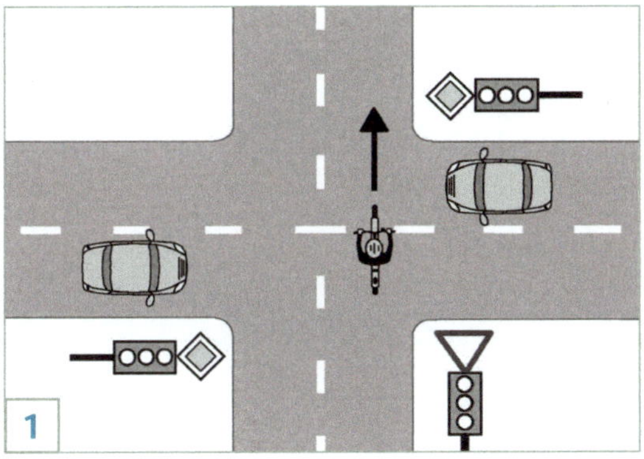

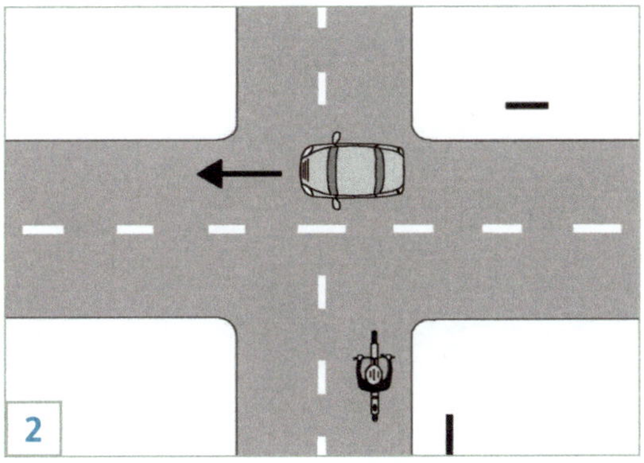

Links abbiegen und Hindernisse umfahren

Das Linksabbiegen mit dem Fahrrad ist besonders schwierig. Es sollte daher intensiv geübt werden.

○ **1** Schreibe die Zahlen an die richtige Stelle. Präge dir die einzelnen Schritte ein.

1 umsehen

2 Handzeichen geben

3 sich zur Mitte einordnen

4 Vorfahrt beachten

5 Gegenverkehr beachten

6 noch einmal umsehen

7 im Bogen nach links abbiegen

8 Fußgänger beachten

○ **2** Wie fährst du richtig an einem Hindernis vorbei? Ergänze.

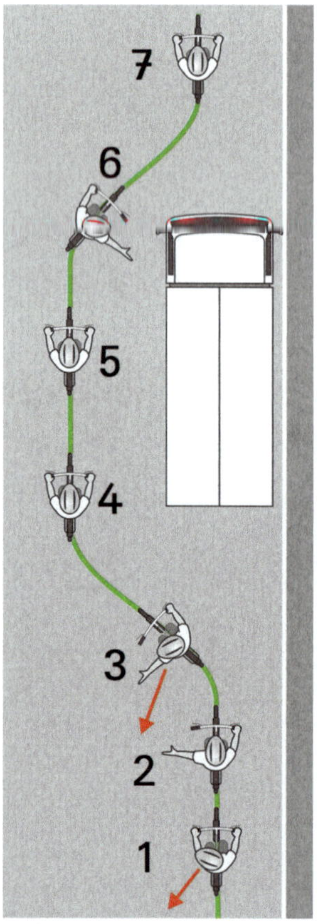

1 umsehen

2 ______

3 ______

4 ______

5 ______

6 ______

7 ______

Handzeichen nach links geben

Handzeichen nach rechts geben

nochmals Schulterblick

einordnen und Gegenverkehr beachten

einordnen

Hindernis umfahren

Wenn du unsicher bist beim Linksabbiegen, steige von deinem Rad ab. Schiebe es auf den Fußweg und verhalte dich wie ein Fußgänger.

Für die Abschlusskontrollfahrt üben

1 In welcher Reihenfolge dürfen die Fahrzeuge fahren?
Trage die Ziffern ein.

2 Wie verhältst du dich richtig? Kreuze an.

- ☐ Ich klingle, um auf mich aufmerksam zu machen.
- ☐ Ich versuche, in der Mitte durchzufahren.
- ☐ Ich weiche auf die Straße aus.

- ☐ Ich fahre klingelnd über den Zebrastreifen.
- ☐ Ich bleibe stehen, bis alle Personen die Straße überquert haben.
- ☐ Ich weiche auf den Fußweg aus.

3 Was müssen die Kinder in der folgenden Situation zuerst tun? Begründe.

Übung für die Abschlusskontrollfahrt

Baut einen Parcours auf dem Schulhof auf. Zeichnet Verkehrsschilder ein. Wendet die Verkehrsregeln an.

Fahrrad-Check

Ist dein Fahrrad verkehrssicher? Untersuche dein Fahrrad und trage die Ergebnisse in einen Kontrollbogen ein.

Sicherheitscheck für mein Fahrrad

Kontrolliere dein Fahrrad auf Verkehrssicherheit. Kreuze in der Tabelle an.

Fahrradteile	vorhanden		funktioniert	
	ja	nein	ja	nein
Vorderradbremse	☐	☐	☐	☐
Hinterradbremse	☐	☐	☐	☐
Vorderlicht	☐	☐	☐	☐
weißer Reflektor vorn	☐	☐	☐	☐
roter Reflektor hinten	☐	☐	☐	☐
Rücklicht	☐	☐	☐	☐
Klingel	☐	☐	☐	☐
Pedalreflektor	☐	☐	☐	☐
gelbe Speichenreflektoren	☐	☐	☐	☐
Dynamo	☐	☐	☐	☐

Versuch zum „toten Winkel“

Stellt zwei Spiegel auf.
Macht Kreidestriche auf den Boden.

Einen Ausflug planen

Plant einen Ausflug oder eine Klassenfahrt. Recherchiert, mit welchen Verkehrmitteln ihr reisen könntet. Schreibt alle Möglichkeiten auf und notiert jeweils die Vor- und Nachteile dazu.

Denke weiter

Woher bekommt ein Elektroauto seine Energie?

Was ist ein ökologischer Fußabdruck?

Meine Frage:

Fahrrad, Material für Parcours, z. B. großes Brett, Leiste, Tisch, Plastikbecher, Leitkegel / KV: Sicherheitscheck für mein Fahrrad / zwei Spiegel, Tisch, Stuhl / Computer mit Internetanschluss

Wasser

Trinkwasser ist lebenswichtig. Wir nutzen es täglich für verschiedene Dinge. Oft ist es uns gar nicht bewusst, wofür wir alles Trinkwasser benötigen. Es kommt einfach aus dem Wasserhahn. Dabei steckt hinter der Trinkwassergewinnung ein komplizierter Kreislauf.

○ **1** Wofür brauchst du täglich Trinkwasser? Gehe in Gedanken deinen Tagesablauf durch. Vergleicht eure Ergebnisse.

Trinkwasser und Abwasser

Als Grundlage für das Trinkwsser nutzen wir das Wasser aus der Natur. Es kommt aus dem unterirdischen Grundwasser 1, aus Quellen, Flüssen und Talsperren.
Im Wasserwerk wird es gereinigt und aufbereitet. Es sickert zuerst durch einen Sandfilter 2. Grober Schmutz bleibt hängen. In der folgenden Ozonanlage 3 können Metalle sowie Krankheitserreger aus dem Wasser entfernt werden. Zusätzlich gelangt Sauerstoff ins Wasser. Danach wird es ein letztes Mal mithilfe von Aktivkohle 4 gefiltert, bevor es als Trinkwasser in große Speicher gepumpt wird. Von hier wird es über ein umfangreiches Rohrsystem 5 mithilfe von Pumpen 6 in die einzelnen Häuser verteilt.

1 Was passiert, bevor das Wasser aus der Natur in den Wasserhahn kommt? Nummeriere im Bild in der richtigen Reihenfolge.

2 Früher wurde Wasser in Wassertürmen gespeichert. Warum standen diese meist auf einer höheren Stelle im Ort?

3 Woher stammt euer Trinkwasser? Recherchiere! → S. 86

MK Aufgabe 3

In den Häusern und auf der Straße gibt es Abflüsse 7. Von hier aus gelangt das verschmutzte Wasser in die Kanalisation 8. Durch unterirdische Rohrleitungen fließt das Wasser in die Kläranlage. Dort wird Grobschmutz in der Rechenanlage 9 ausgesiebt.
Im folgenden Sandfang 10 setzen sich schwere, kleine Teile am Boden ab. Im Vorklärbecken 11 wird schwimmender Schmutz wie Öl und Fett abgeschöpft.
Dem so gefilterten Wasser werden im Belebungsbecken 12 Bakterien zugeführt. Diese fressen weitere Schmutzteile. Die Bakterien setzen sich als Schlamm ab. Dieser wird in den Nachklärbecken 13 abgesaugt. Das saubere Wasser gelangt wieder in die Flüsse.
Der Kreislauf beginnt von vorn.

4 Was passiert mit dem Schmutzwasser, bevor es in die Flüsse geleitet wird? Nummeriere im Bild in der richtigen Reihenfolge.

5 Wo wird das Abwasser in eurem Ort gereinigt? Recherchiere! → S. 86

6 Schau dir das Bild noch einmal genau an. Wo gibt es Wasser? Färbe das Wasser in der Natur blau, aufbereitetes Trinkwasser grün und Abwasser rot.

MK Aufgabe 5

→ S. 96
Abwasser, Kläranlage

Wir experimentieren mit Wasser

○ **1** Führe dieses Experiment durch. → S. 85

1. Schneide unten seitlich in beide Flaschen ein Loch. Der Schlauch muss genau hineinpassen.
2. Streiche beide Schlauchenden außen gut mit Klebstoff ein, stecke sie in die Löcher und lass es trocknen.
3. Stelle eine Flasche erhöht auf und fülle Wasser hinein.

Beobachtung: ______________________

____

____

Du brauchst:

- zwei Plastikflaschen
- Schlauch oder Trinkhalm
- Klebstoff
- spitze Schere
- Gegenstand zum Hochstellen
- Wasser

◒ **2** Was hat dieses Experiment mit der Aufgabe eines Wasserturms zu tun?

◒ **3** Stell dir vor, du gießt Wasser in die Kannen. Wie verteilt es sich? Zeichne verschiedene Wasserstände ein. Welche Kanne ist unpraktisch? Begründe.

○ **4** Führe das Experiment wie auf den Bildern durch. Ist das Wasser nach der Reinigung so sauber, dass es in den Fluss geschüttet werden kann? Begründe.

Du brauchst:

- Schmutzwasser mit Papierschnipseln, Salz, kleinen Zweigen, Sand, Öl …
- Kamm
- Gläser
- flache Schale
- Filter mit Filterpapier

○ **5** Vergleiche deine Beobachtung mit den einzelnen Becken einer Kläranlage.

Mit Wasser nachhaltig umgehen

Trinkwasser ist sehr wertvoll. Sauberes Wasser kommt nur selten in der Natur vor. Der Mensch muss es erst aufwendig herstellen. Das kostet viel Energie. Diese muss erst gewonnen werden. In Deutschland ist es Standard, dass wir ausreichend Trinkwasser zur Verfügung haben. Es gibt aber auch Regionen auf der Erde, in denen die Menschen kilometerweit laufen müssen, um an Trinkwasser zu kommen. Der tägliche Wasserverbrauch eines Menschen in Deutschland beträgt etwa 80 bis 120 Liter.

Gewusst?
Menschen können nur drei bis fünf Tage ohne Wasser überleben.

Von hundert Menschen dieser Erde haben 27 Menschen keinen Zugang zu sauberem Wasser.

1 Wie kannst du täglich Wasser sparen?

Fließendes Wasser hat eine enorme Kraft. Bereits im Mittelalter baute der Mensch Mühlen direkt an Flüssen. In diesen Wassermühlen wurden schwere Steinplatten zum Mahlen des Korns allein durch Wasserkraft bewegt. Heute wird in Wasserkraftwerken die Energie des Wassers in elektrische Energie umgewandelt. So gewinnt der Mensch mithilfe der natürlichen Kraft des fließenden Wassers Strom. Wir nennen es erneuerbare Energie.

2 Was bedeutet erneuerbare Energie?

3 Welche erneuerbaren Energie gibt es noch? Recherchiere und halte einen Vortrag.
→ S. 86, 88/89

4 Warum ist aus Wasserkraft gewonnener Strom teuer?

MK Aufgabe 3

Protokoll: Wasserverbrauch an einem Tag

Wie viel Liter passen in ein Waschbecken?
Wie viel Liter Wasser verbraucht eine Toilettenspülung?
Wie viel Wasser trinkst du?
Wie viel Wasser brauchst du zum Kochen?
Wie viel Wasser brauchst du zum Abwaschen?

Recherchiere und miss ab. Stelle eine Übersicht zusammen.
Zähle nun an einem Tag, wie oft du wofür Wasser benötigst. Schreibe den Verbrauch auf. Nutze dafür deine Übersicht.

Test – tropfender Wasserhahn

Öffnet einen Wasserhahn so weit, dass er tropft. Stellt einen Messbecher darunter und stoppt die Zeit, bis ca. 100 ml Wasser im Becher sind. Rechnet aus, wieviel Wasser in einer Stunde bzw. innerhalb von 24 Stunden ungenutzt verloren gehen.

Besuch im Klärwerk planen

Besucht ein Klärwerk in eurer Nähe. Stellt zuvor Fragen zusammen, welche ihr der Expertin/dem Experten stellen wollt.

Denke weiter

Warum sagt man, dass Wasser wertvoller ist als Gold?

Was passierte mit dem Schmutzwasser im Mittelalter?

Meine Frage:

Waschbecken, Messbecher, Computer mit Internetanschluss, Papier, Stift / Wasserhahn, Messbecher, Stoppuhr / Aufnahmegerät, Papier, Stift, Schreibunterlage

Leben früher und heute

Im Laufe der Jahrhunderte wurden aus vielen kleinen Siedlungen und Dörfern große Städte. Besonders schnell wuchsen sie im 19. Jahrhundert, als die ersten großen Fabriken entstanden. Immer mehr Menschen zogen auf der Suche nach einer Arbeit und nach einem besseren Leben in die Stadt.

○ **1** Betrachte die Bilder und vergleiche mit heute. Was hat sich verändert?

Familienleben im Wandel

Durch das schnelle Anwachsen der Bevölkerung in den Städten gab es zu wenig Wohnraum. So lebten gerade Arbeiterfamilien oft nur in zwei kleinen Zimmern. Die Küche wurde als einziger Raum mit einem Ofen beheizt. Nur hier gab es fließendes Wasser. Dieses musste stets auf dem Ofen erwärmt werden. Hier wurde gekocht, gebacken, gegessen, gewaschen, genäht, gelernt und gespielt. Das Schlafzimmer diente der ganzen Familie. Zum Teil schliefen mehrere Personen in einem Bett. Ein Bad gab es selten. Oft befand sich die Toilette ein halbes Stockwerk tiefer und wurde von mehreren Familien gemeinsam genutzt. In den Familien gab es meistens feste Rollen. Während die Väter der körperlich schweren Arbeit in den Fabriken nachgingen und Geld verdienten, kümmerten sich die Mütter um den Haushalt und die Kinder. Eine Familie hatte nicht selten mehr als drei Kinder. Kindergärten gab es kaum, sodass die Betreuung zu Hause stattfand. Die Kinder mussten schnell selbstständig werden und im Haushalt mithelfen. Haushaltsgeräte gab es nicht oder sie waren zu teuer, sodass die Hausarbeit viel Zeit kostete. Um Geld zu sparen, fertigten die Frauen viel selber an. Oft verkauften sie auch Selbstgemachtes, um etwas Geld dazu zu verdienen.

Wohnküche in Berlin um 1900

1 Finde die Antworten im Text. Unterstreiche mit der entsprechenden Farbe.
- Warum lebten die Menschen in der Stadt auf sehr wenig Raum?
- Warum hielt sich die ganze Familie in der Küche auf?
- Warum mussten die Kinder bei der Hausarbeit mithelfen?

2 Was waren häufig die Aufgaben einer Frau?

Gewusst?
Als Fräulein wurden früher Frauen bezeichnet, die noch nicht verheiratet waren, egal wie alt sie waren.

3 Vergleiche mit heute. Wie haben sich die Aufgaben der Frauen verändert und warum?

Kindheit im Wandel

Auch in den letzten 100 Jahren hat sich im Familienleben viel geändert. Das zeigt sich zum Beispiel darin, wie Kinder ihre Freizeit verbringen, wie der Familienalltag abläuft und wer welche Aufgaben hat.

1 Wie hast du mit 8 Jahren gelebt? Fülle in der Tabelle Spalte 2 aus.

Interviewperson	**Ich**	
In welchem Jahr bist du 8 Jahre alt geworden?		
Wie viele Geschwister hast du?		
Welche Berufe hatten deine Eltern?		
Wann bist du morgens aufgestanden?		
Was hast du vor der Schule gemacht?		
Wie viel Zeit kostete dich dein Schulweg?		
Was hast du nach der Schule gemacht?		
Wie viele Stunden hast du draußen verbracht?		
Was war dein Lieblingsspiel?		
Hattest du ein Hobby?		
Warst du in einem Verein?		
Wann musstest du ins Bett?		
Was waren deine Aufgaben im Haushalt?		

2 Wie lebten die Menschen früher, z. B. deine Großeltern? Suche dir eine Person aus und führe ein Interview. Nutze dafür die Spalte 3 in der Tabelle oben. → S. 86

3 Welche Gemeinsamkeiten und Unterschiede hast du festgestellt?

Berufe im Wandel

Durch technischen Fortschritt haben sich die Arbeitsbedingungen sehr verändert. Manche Berufe gibt es gar nicht mehr, andere sind sehr selten geworden. Durch die technische Entwicklung entstanden auch neue Berufe.

1 Wie hat sich der Beruf des Druckers verändert? Ordne die Bilder der Zeitleiste zu. Sprecht darüber.

1

Alte Druckmaschine von Gutenberg (alte Spindelpresse ca. 1440); *3 600 Seiten pro Tag*

Im 15. Jahrhundert musste der Drucker schwer körperlich arbeiten. Die Druckpressen wurden durch Muskelkraft bedient.

2

Alte dampfbetriebene Schnellpresse 1850; *ca. 1000 Bögen Papier pro Stunde*

Im 19. Jahrhundert vereinfachte sich der Beruf des Druckers. Die Maschinen wurden mit Dampf betrieben.

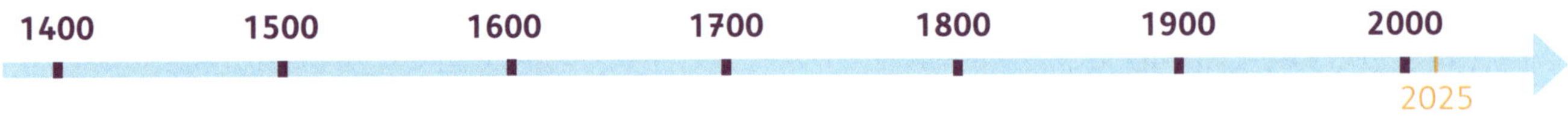

3

Rotationspresse 1900; *ca. 10 000 Bögen Papier pro Stunde*

Für die vollautomatische Rotationspresse musste sich der Drucker gut mit der Technik auskennen und diese notfalls auch reparieren können.

4

Moderne Offsetdruckmaschine; *ca. 18 000 Bögen Papier pro Stunde*

Moderne Druckmaschinen werden computergesteuert. Der Drucker muss diese bedienen und programmieren.

2 Suche dir einen Beruf aus und recherchiere, was sich verändert hat. → S. 86

MK Aufgabe 2

Beruf, Maschine

Die Rolle der Frau im Wandel

Es ist noch gar nicht so lange her, dass Frauen weniger Rechte hatten als Männer. Sie mussten zum Beispiel dafür kämpfen, einen Beruf zu erlernen oder zu studieren. Auch wählen dürfen sie erst seit etwa 100 Jahren.

1 Wie haben sich die Rechte der Frauen verändert? Ordne die Texte der Zeitleiste zu.

- 1900 haben zwei deutsche Universitäten Frauen als Studentinnen zugelassen.
- 1918 durften Frauen erstmalig wählen und gewählt werden.
- Seit 1977 dürfen Frauen ohne Zustimmung ihres Ehemannes arbeiten gehen.
- Seit 1980 sollen Frauen und Männer das gleiche Geld für gleiche Arbeit bekommen.

1900 | 1910 | 1920 | 1930 | 1940 | 1950 | 1960 | 1970 | 1980 | 1990 | 2000 | 2010 | 2020 | 2025

- 1908 durften Frauen ohne Umwege das Abitur ablegen.
- 1949 wurde im Grundgesetz verankert, dass Männer und Frauen gleichberechtigt sind.
- 1958 erlaubte das Gleichberechtigungsgesetz den Frauen, ohne Zustimmung ihres Ehemannes den Führerschein zu machen und über ihr Einkommen und Vermögen selbst zu entscheiden.

2 Bereits 1910 forderte die Frauenrechtlerin Clara Zetkin einen internationalen Frauentag. Seit wann und warum ist der 8. März der Weltfrauentag? Recherchiere. → S. 86

Gewusst?
Frauenrechtlerinnen setzen sich für die Rechte der Frau und eine Gleichberechtigung zwischen Frauen und Männern ein.

Berlin 1912 – Demonstration für das Frauenwahlrecht

Wer ändert eigentlich Gesetze?

MK Aufgabe 2

Gegenstände von früher

Gestaltet eine Ausstellung mit alten Gegenständen oder Fotos von ihnen.

Alte Spiele

Erkundet alte Spiele. Legt eine Kartei an.

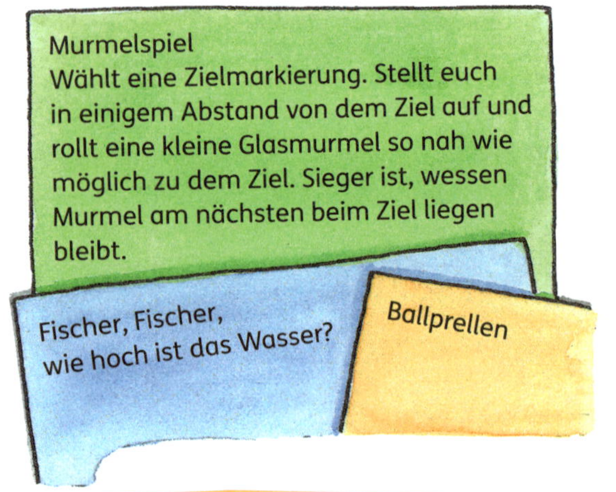

Weben wie früher

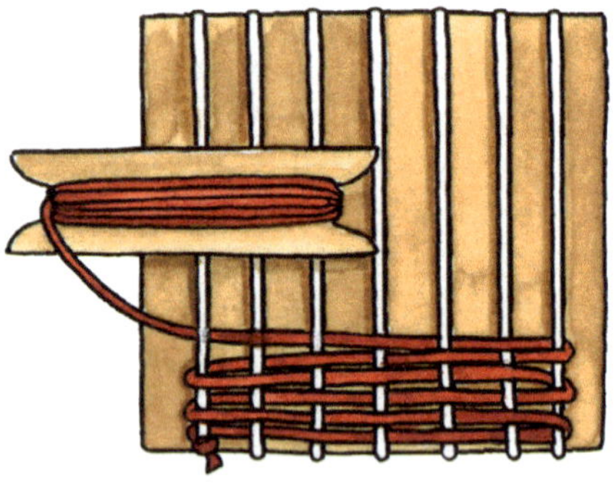

Baue einen Webrahmen wie auf dem Bild und probiere aus.

Berufe, die es heute nicht mehr gibt

Recherchiert über Berufe, die es heute nicht mehr gibt. Fertigt dazu jeweils ein Plakat an. Macht eine Ausstellung.

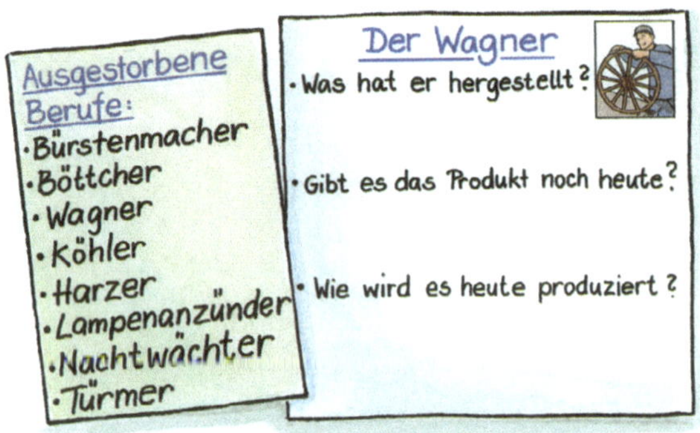

Denke weiter

Wie wurde früher die Wäsche gewaschen?

Warum durften Frauen früher nicht studieren?

Meine Frage:

Gegenstände von früher oder Fotos davon, Schilder, Stift / Schuhkarton, Karteikarten, Infomaterial zu alten Spielen / feste Pappe, Wolle in zwei verschiedene Farben, „Schiffchen“ zum Aufwickeln der Wolle / großer Bogen Papier, Computer mit Internetanschluss, Material zu alten Berufen

Experiment

Das lateinische Wort „experimentum“ bedeutet Versuch, Beweis oder Probe. Zu manchen Fragen kannst du eine Vermutung äußern und diese mit einem Experiment überprüfen. So experimentierst du richtig:

1. Fragen

2. Vermuten

3. Planen

Festlegen von
- Ort
- Material und Geräten
- Arbeitsschritten
- Zeit

4. Durchführen

5. Beobachten

ausführen → beobachten → notieren

6. Auswerten

- Formuliert die Ergebnisse.
- Besprecht die Ergebnisse.
- Vergleicht mit der Vermutung.
- Macht Kontrollversuche.
- Wendet die Ergebnisse an.

→ S. 27, 36, 37, 52, 60, 76

Recherche

Recherche ist französisch und bedeutet „Suche“.
Wenn du zu einem Thema etwas erfahren willst, musst du recherchieren. Du kannst Experten befragen, in Büchern nachschlagen oder im Internet nachsehen.

Suche im Internet

1. Öffne eine Kindersuchmaschine im Internet.
2. Überlege dir Suchbegriffe, die zu deiner Frage passen.
   Gib sie in die Suchmaschine ein.
3. Lies die Kurztexte der Ergebnisse. Geben sie Antworten auf deine Fragen?
   Wenn ja, klicke den Beitrag an und lies weiter.
4. Prüfe, ob die Informationen wahr und richtig sind. Du kannst zum Beispiel
   noch auf anderen Internetseiten dazu nachlesen oder einen Experten befragen.

TIPP: Schau auch auf Seite 6 und 7.

Interview

Ein Interview ist eine mündliche Befragung einer Person. Ziel des Interviews ist es, Informationen zu bekommen.

So gehst du vor:

1. Überlege, wer dir zu deinen Fragen etwas sagen kann.
2. Vereinbare mit dieser Person einen Termin.
3. Notiere alle Fragen, die du stellen möchtest.
4. Wenn du das Interview aufnehmen möchtest, frage die Person vorher um Erlaubnis.
5. Stelle deine Fragen sachlich und freundlich. Frage nach, wenn du etwas nicht verstehst.
6. Lass den Interviewpartner oder die Interviewpartnerin ausreden.
7. Schreibe die Antworten in Stichpunkten auf.
8. Überlege dir, was du mit den Informationen machst.

MK

→ S. 16, 17, 19, 20, 30, 31, 33, 38, 53, 54, 57, 60, 61, 63, 64, 74, 75, 77, 81, 82, 83

Diskussion

Manchmal haben Menschen verschiedene Meinungen. Dann können sie ihre Meinungen in einer Diskussion austauschen.
In einer Diskussion sprichst du mit anderen über eine Sache oder ein Problem. Dabei vertrittst du deine eigene Ansicht. Du überlegst dir dafür überzeugende Argumente. Im besten Fall wird ein Kompromiss oder eine Lösung für das Problem gefunden. Oft hilft die Frage: „Was spricht für (pro) eine Sache und was dagegen (kontra)?"

Darauf sollst du bei einer Diskussion achten:

- Höre anderen genauso aufmerksam zu, wie du es von ihnen erwartest.
- Lasse die anderen ausreden.
- Sprich klar und deutlich.
- Überlege dir Argumente.
- Argumentiere verständlich.
- Denke über die Argumente der anderen nach.
- Akzeptiere die Meinung der anderen.

Formulierungshilfen:

Ich meine ...
Dazu möchte ich sagen ...
Das möchte ich noch einmal geklärt haben ...
Da bin ich ganz anderer Meinung ...
Können wir uns nicht darauf einigen, dass ...
Seid ihr damit einverstanden, dass ...

→ S. 13, 23, 32, 47

Vortrag

Wenn du einen Vortrag hältst, solltest du Folgendes beachten:

Vor dem Vortrag

Was bedeutet ...?
Präsentation
Bei einer Präsentation gibt man Informationen wieder.

Vorüberlegungen:
- Wozu soll ich sprechen?
- Was wird die anderen interessieren?
- Wie viel Zeit habe ich?
- Welche Medien möchte ich zur Präsentation nutzen?
  Dafür muss ich genau wissen, welche Technik zur Verfügung steht.

Medium	Wird Technik benötigt?	Vorteil
Plakat	nein	gibt viele übersichtliche Informationen auf einen Blick
Original	nein	Man kann den Gegenstand anfassen.
Modell	nein	Es hilft zu verstehen, wie etwas funktioniert.
Film/Video	ja	Sie helfen, Zusammenhänge zu verstehen.
digitale Präsentation	ja	Sie ist jederzeit veränderbar. Meistens ist sie von allen gut zu erkennen, da die Größe verändert werden kann.
Bilder	nein	Sie helfen zur Veranschaulichung und man versteht besser.
Musik	ja	Sie spricht die Zuhörer oft an und erhöht die Aufmerksamkeit.
Tafelbild	nein	Es schafft hohe Aufmerksamkeit, wenn es gemeinsam mit dem Zuhörer entwickelt wird.
Rätsel	nein	ist spannend und kann eine Präsentation auflockern

Vorbereitung:
- Stelle Stichwörter zusammen und übe den Vortrag.
- Suche Bilder und Anschauungsmaterial.
- Schreibe eventuell eine schriftliche Zusammenfassung zum Austeilen.
- Teste die Technik am Vortragsort.

→ S. 19, 20, 33, 54, 77

Beim Vortrag

- Schaue ab und zu auf deine Stichworte.
- Lies deinen Vortrag nicht ab, sondern versuche frei zu sprechen.
- Schaue die Zuhörer an.
- Sprich ruhig, laut und deutlich.
- Zeige an den passenden Stellen deine Bilder oder Gegenstände.

Nach dem Vortrag

- Gib Zeit für Nachfragen.
- Teile eventuell eine Zusammenfassung oder ein Bild aus.
- Bitte um Rückmeldung (ein Feedback).

Feedback

Beim Feedback solltest du Folgendes beachten:

Feedback geben:
- Ich beschreibe sachlich und ohne Vorwürfe.
- Ich sage „ich“ und nicht „du“, also:
  - Ich habe gesehen …
  - Ich habe beobachtet …
  - Mir ist aufgefallen …
- Ich sage Positives zuerst.

Feedback erhalten:
- Ich höre aufmerksam zu.
- Ich stelle Fragen, wenn mir etwas unklar ist:
  - Was meinst du genau?
  - Habe ich dich richtig verstanden, dass …?
- Ich rechtfertige oder verteidige mich nicht.
- Ich bedanke mich für das Feedback.

→ S. 19, 20, 33, 54, 77

Einen Film drehen

Wenn du jemandem einen Vorgang erklären oder eine Geschichte erzählen möchtest, kannst du einen Film drehen.

Was brauchst du dazu?

- einen ruhigen Raum
- Aufnahmegerät (z. B. Tablet)
- Stativ (Haltevorrichtung für Aufnahmegerät)
- alle Gegenstände, die du zur Erklärung brauchst (z. B. Experimentiermaterial)
- Drehbuch
- eventuell zusätzliche Lampe
- eventuell Programm zum Schneiden des Filmes

So gehst du vor:

1. Arbeitsgruppen bilden
2. Zielgruppe festlegen (Für wen drehen wir den Film?)
3. Filmart festlegen (Sollen Personen zu sehen sein oder Figuren und Bilder?)
4. Inhalte sammeln, sortieren und auf das Wesentliche reduzieren
5. Drehbuch erstellen
6. Aufgaben verteilen (z. B. Kamerakind, Animateur, Sprecherin)
7. Haltevorrichtung für das Aufnahmegerät aufbauen
8. Ausprobieren, bevor der Dreh beginnt
   - Größe der zu filmenden Fläche festlegen
   - Hintergrund prüfen
   - Helligkeit testen
   - Sprechlautstärke testen, (evtl. Sprechzeiten stoppen)
9. Film aufnehmen

→ S. 14, 37, 46, 56

Was gehört in ein Drehbuch?

- Thema
- kurze Beschreibung der Szenen
- gesprochene Texte zur Szene (einfache Formulierungen, manchmal reichen Stichpunkte)
- Aufgaben aller im Team
- benötigte Materialien

Drehbuch zum Experiment „Feuer braucht Sauerstoff"

Nr.	Kurzbe-schreibung Szene	Sprecher/ Sprecherin	Kamerakind	Material, Hintergrund
1	Thema, **Zielstellung/ Gliederung** nennen	(in Kamera schauen) Ich möchte euch zeigen, wie ihr beweisen könnt, dass Feuer Sauerstoff braucht, um zu brennen.	Schwenk zum Material	einfarbige Wand neben Tür rechts
2	**Material** einzeln benennen und zeigen	Dazu braucht ihr… (Pausen lassen)	Nahaufnahme	feuerfeste Unterlage Teelicht Streichhölzer 2 unterschiedlich große Gläser
3				

Legetechnik

Wenn ihr im Film keine Personen zeigen möchtet, könnt ihr auch in Legetechnik mit Spielfiguren oder Bildern drehen.
Nach der Erstellung des Drehbuchs gehst du nun so vor:

1. klaren Hintergrund festlegen
2. Figuren und Gegenstände zum Legen aussuchen (oder selbst herstellen)
3. Kommentare, Gedankenblasen und Sprechblase gut lesbar schreiben
4. Kamera mit Stativ so aufbauen, dass Bildausschnitt richtig festgelegt ist
5. Filmablauf üben
   - Umgang mit der Technik
   - Raumeinteilung (Wesentliches in Mittelpunkt setzen, Schatten beachten)
   - Material an richtiger Stelle bereitlegen
   - passende Geräusche planen
6. Film aufnehmen

→ S. 14, 37, 46, 56

Meine starken Eigenschaften

1 Lies die Wörter. Welche dieser starken Eigenschaften hast du? Kreuze an.

☐ hilfsbereit

☐ wissbegierig

☐ vorsichtig

☐ aufmerksam

☐ pünktlich

☐ freundlich

☐ genau

☐ handwerklich begabt

☐ kreativ

☐ mutig

☐ fair

☐ geschickt

2 Welche starken Eigenschaften hast du noch?

____

____

S. 21

Wildschwein-Rätsel

1 Schreibe die richtigen Wörter auf. Die Silben helfen dir.

Frisch Kei Rot Strei Ba Rüs te fen che sel ler ling

So heißt das männliche Wildschwein:

So heißt das weibliche Wildschwein:

Wildschweine leben in einer Gruppe zusammen.
Diese Gruppe heißt:

Das Jungtier der Wildschweine heißt:

Das Fell der Frischlinge hat helle und dunkle

Damit durchwühlen Wildschweine den Waldboden nach Futter:

S. 31

Fachbegriffe zu einer spannenden Zeit

1 Verbinde Wort und Erklärung.

1 Pubertät	Mit diesem Wort ist der **Bereich des Körpers** gemeint, der sich **rund um die Geschlechtsorgane** befindet, also um Hoden und Penis bzw. Schamlippen und Scheide herum. Hier beginnen in der Pubertät die Haare zu wachsen.
2 Geschlechtsorgan	Mit diesem Wort bezeichnet man bestimmte **Stoffe, zum Beispiel im Blut**. Sie funktionieren wie ein Bote, der eine Mitteilung überbringen kann, zum Beispiel an ein reifes Ei im Eierstock der Frau.
3 Stimmbruch	Hier reifen beim heranwachsenden Jungen oder beim Mann die **Spermien** heran, aus denen zusammen mit dem Ei der Frau ein Baby entstehen kann.
4 Hormone	Dieses Wort ist ein **Oberbegriff** zum Beispiel für den Penis beim Jungen und die Scheide beim Mädchen.
5 Eierstock	Hier reifen beim heranwachsenden Mädchen oder bei der Frau die **Eier** heran, aus denen zusammen mit dem Samen des Mannes ein Baby entstehen kann.
6 Hoden	Dieses Wort beschreibt die **Zeit, in der Mädchen zu Frauen und Jungen zu Männern heranwachsen**. Ihr Körper verändert sich und sie werden geschlechtsreif, können also ein Baby zeugen oder schwanger werden.
7 Schambereich	Wenn aus Jungen junge Männer werden, verändert sich ihre Stimme: Sie wird langsam voller und tiefer. Diese **Veränderung der Stimme** bezeichnet das Wort.

S. 43

Wie entwickelt sich ein Frosch?

1 Verbinde Bild und Erklärung.

🔊8

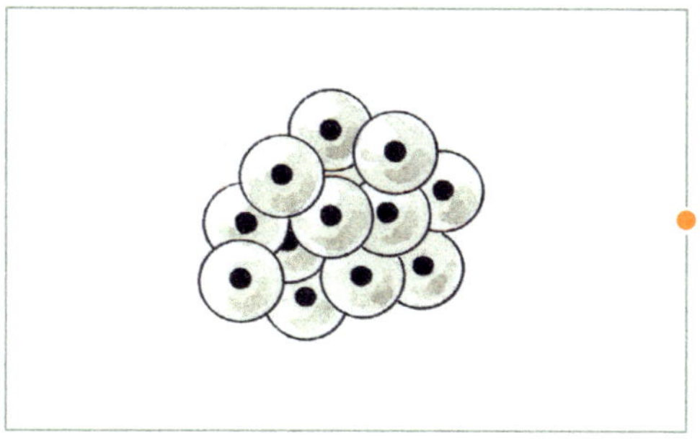

Der Frosch hat sich fertig entwickelt.
Er lebt jetzt auf dem Land.

🔊9

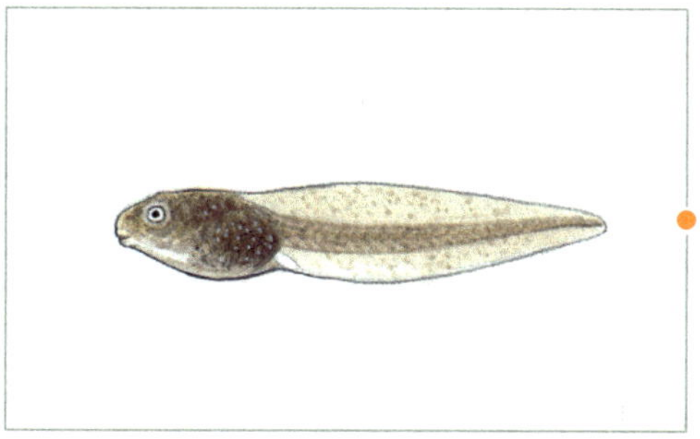

Aus den Eiern schlüpfen Froschlarven.
Sie heißen Kaulquappen.

🔊10

Dann wachsen die Vorderbeine.

🔊11

Zuerst wachsen die Hinterbeine.
Die Kaulquappe schwimmt noch.

🔊12

Das Froschweibchen legt Eier.

S. 62, 63

Entsorgung von Abwasser

1 Sieh dir die Abbildung an. Ordne die Wörter richtig zu. 13

die Rechenanlage | der Sandfang | das Vorklärbecken

das Belebungsbecken | das Nachklärbecken | der Faulturm

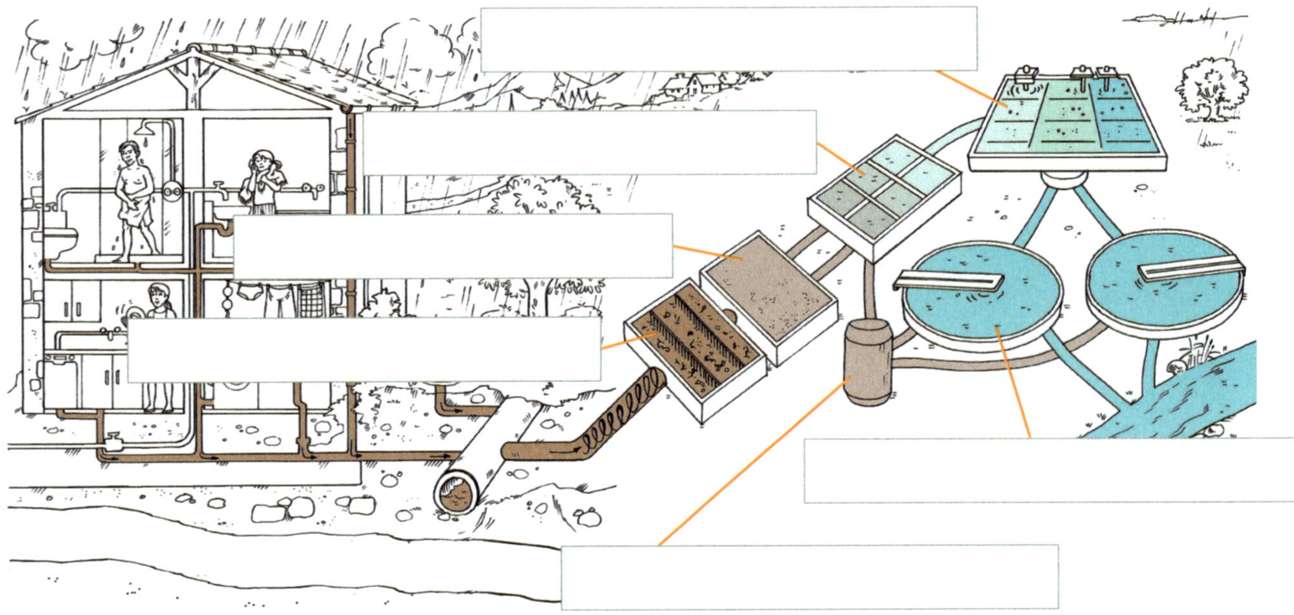

2 Lies die Sätze. Bringe sie in die richtige Reihenfolge. 14

☐ Als Nächstes fließt das Wasser in das Vorklärbecken.
Hier wird Schmutz abgeschöpft.

☐ Der Schlamm aus dem Nachklärbecken kommt in den Faulturm.
Aus dem Schlamm entstehen Gase und Dünger.

1 Zuerst siebt die Rechenanlage groben Schmutz
aus dem Wasser.

☐ Danach fließt das Wasser in das Belebungsbecken.
Dort fressen Bakterien kleine Schmutzteile aus dem Wasser.

☐ Dann fließt das Wasser in den Sandfang.
Dort setzen sich schwere Teile am Boden ab.

☐ Das Wasser fließt ins Nachklärbecken.
Die Bakterien setzen sich auf dem Boden ab.

☐ Das Wasser ist jetzt sauber.
Es kann in einen Fluss geleitet werden.

S. 75

Bücherwurm

Reisefibel Sachsen

Unser heutiges Sachsen wurde mit dem Burgbau in Meißen als Markgrafschaft Meißen 929 gegründet. Vermutlich stammt der Name Sachsen von dem germanischen Wort „Sahsnotas“ ab, das so viel wie „Schwertleute“ heißt. Ein Sahs war ein kurzes Schwert. Die heutigen Landesfarben auf unserem Wappen wurden von Friedrich August dem Ersten 1815 eingeführt.

Name: ______________________________

Klett

Was kennst du schon?

Sachsen ist das zehntgrößte Bundesland der Bundesrepublik Deutschland. Es grenzt an zwei Nachbarstaaten und vier weitere Bundesländer. Sachsen führt den Beinamen Freistaat. Freistaat bedeutete früher, dass kein König mehr regierte, sondern eine vom Volk gewählte Regierung. Heute wählen die Menschen in allen deutschen Bundesländern, deshalb hat der Begriff keine wichtige Bedeutung mehr.

1 Trage die Namen der angrenzenden Bundesländer und Nachbarstaaten Sachsens in die Kästchen auf Seite 3 ein. Nutze die große Sachsenkarte der Mitteleinlage.

2 Welche Sehenswürdigkeiten Sachsens kennst du schon?

Entlang der Autobahn kannst du manchmal braune Schilder entdecken. Sie verweisen auf sehenswerte Orte in der Nähe.

3 Recherchiere die Standorte folgender Sehenswürdigkeiten. Trage die entsprechenden Zahlen in der Karte auf Seite 3 ein.

MK Aufgabe 3

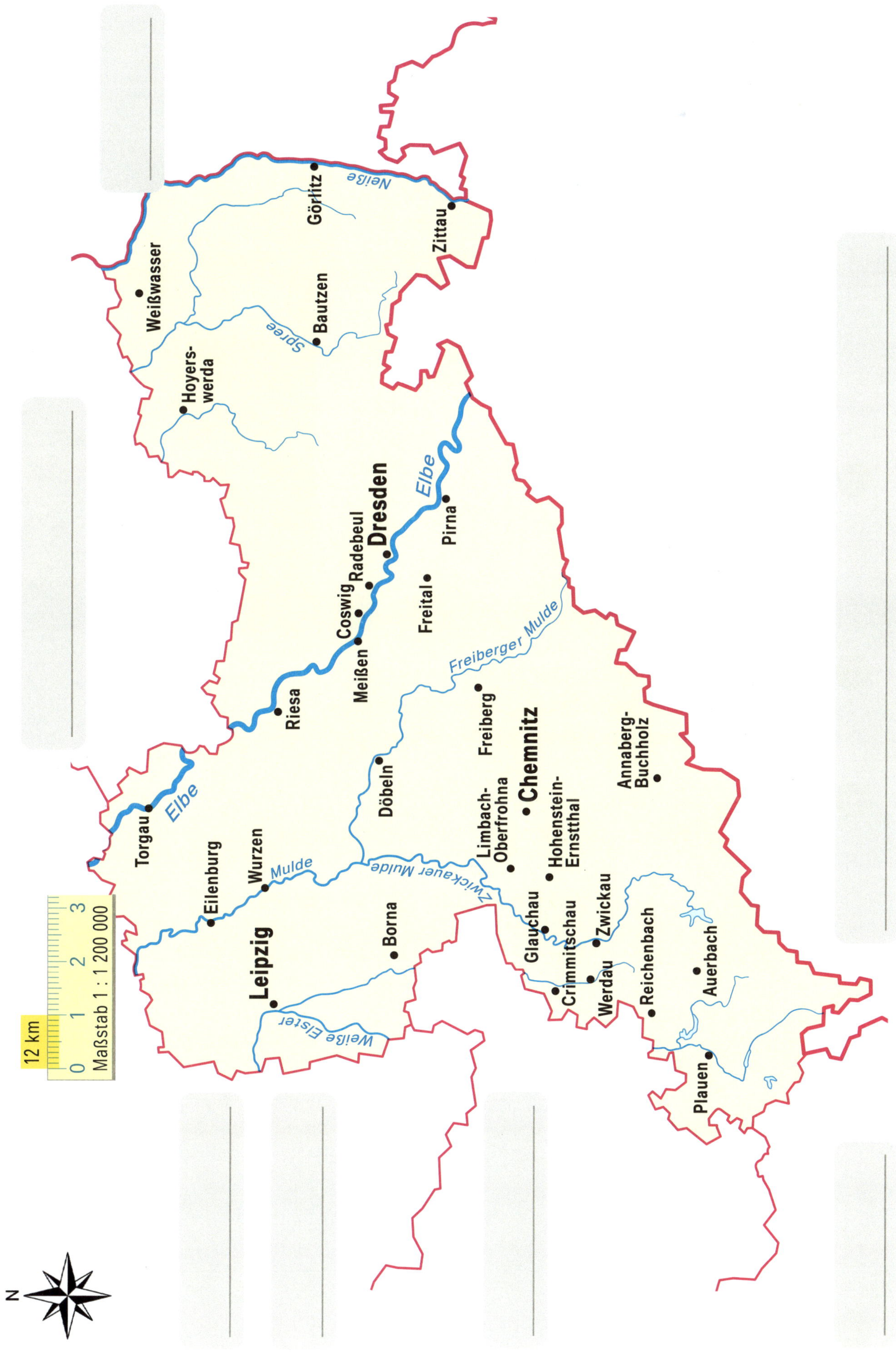
Weißwasser
Görlitz
Neiße
Zittau
Bautzen
Spree
Hoyers-
werda
Dresden
Elbe
Radebeul
Pirna
Coswig
Freital
Meißen
Riesa
Freiberger Mulde
Freiberg
Chemnitz
Annaberg-
Buchholz
Döbeln
Limbach-
Oberfrohna
Hohenstein-
Ernstthal
Torgau
Elbe
Eilenburg
Wurzen
Mulde
Zwickauer Mulde
Leipzig
Borna
Glauchau
Crimmitschau
Zwickau
Werdau
Reichenbach
Auerbach
Plauen
Weiße Elster
12 km
0 1 2 3
Maßstab 1 : 1 200 000
N

Verkehrswege

Sachsen hat ein dichtes Netz von Verkehrswegen. Man kann unser Bundesland auf Straßen, Radwegen, Wanderwegen und Schienen durchqueren. Von Flughäfen aus startet man zu entfernten Zielen. Die Elbe als Wasserstraße wird von Schiffen befahren. Ein gut ausgebautes Verkehrsnetz ist nicht nur für Reisende wichtig, sondern auch für die Wirtschaft. Auf den verschiedenen Verkehrswegen werden z. B. Waren transportiert.

Flughafen Leipzig-Halle

1 Welche Verkehrswege hast du schon genutzt? Zeichne sie in der Karte auf Seite 5 nach.

2 An Verkehrsknotenpunkten kreuzen sich verschiedene Verkehrswege. Kreise wichtige Verkehrsknotenpunkte in der Karte ein.

3 Auf welchen Verkehrswegen kannst du folgende Strecken zurücklegen? Fülle die Tabelle aus. Ergänze eigene Verkehrswege.

Strecke	Verkehrsmittel	Beschreibung	Länge der Strecke
Plauen – Dresden	Auto	A72, A4	150 km
Dresden – Zwickau			
Leipzig – Torgau			
Borna – Görlitz			

4 Zeichne die Autobahnen auf deiner Kartenskizze auf Seite 23 gelb ein.

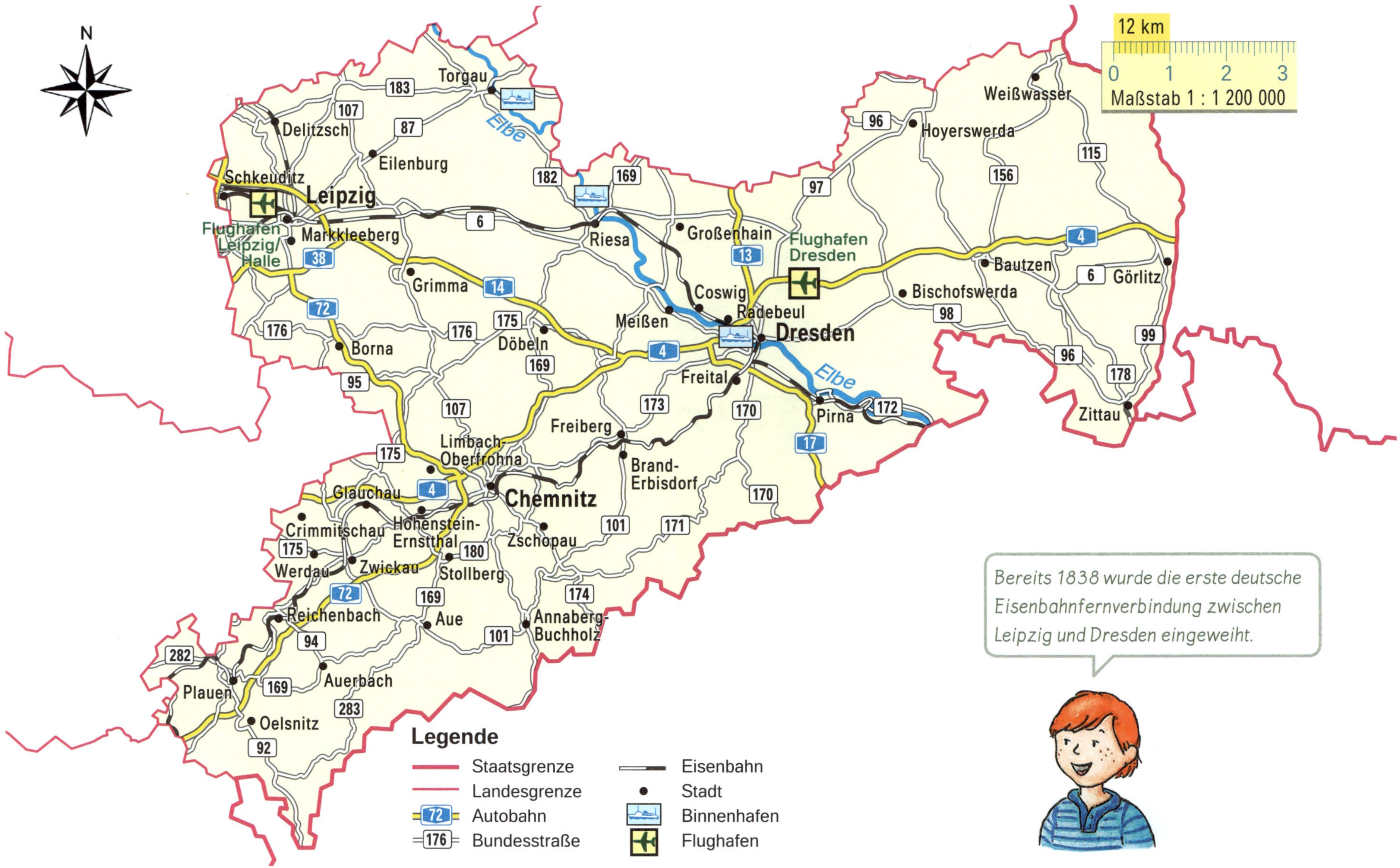

Bereits 1838 wurde die erste deutsche Eisenbahnfernverbindung zwischen Leipzig und Dresden eingeweiht.

Landschaften

Die Oberfläche Sachsens ist abwechslungsreich. Es gibt verschiedene Landschaftsformen zu entdecken. Flache Ebenen wie die Leipziger Tieflandsbucht und Mittelgebirge wie das Erzgebirge prägen unser Bundesland.

Oberlausitzer Heide- und Teichlandschaft

Elbsandsteingebirge

Leipziger Tieflandsbucht

Erzgebirge

1 Welche Oberflächenform überwiegt rund um deinen Heimatort?

---

2 Ordne die Ziffern den passenden Landschaften in der Karte auf Seite 7 zu.

1 Elbsandsteingebirge 2 Erzgebirge 3 Vogtland 4 Lausitzer Bergland

5 Oberlausitzer Heide- und Teichlandschaft 6 Leipziger Tieflandsbucht

7 Dübener Heide 8 Zittauer Gebirge

3 Bestimme die Höhenlage dieser Orte mit der Legende aus der großen Sachsenkarte.

Ort	Pirna	Annaberg-Buchholz	Plauen	Leipzig	Oschatz	Weißwasser	Zittau
Höhenlage	100 – 200 m						

4 Zeichne die drei höchsten Berge Sachsens in deine Kartenskizze auf Seite 23 ein.

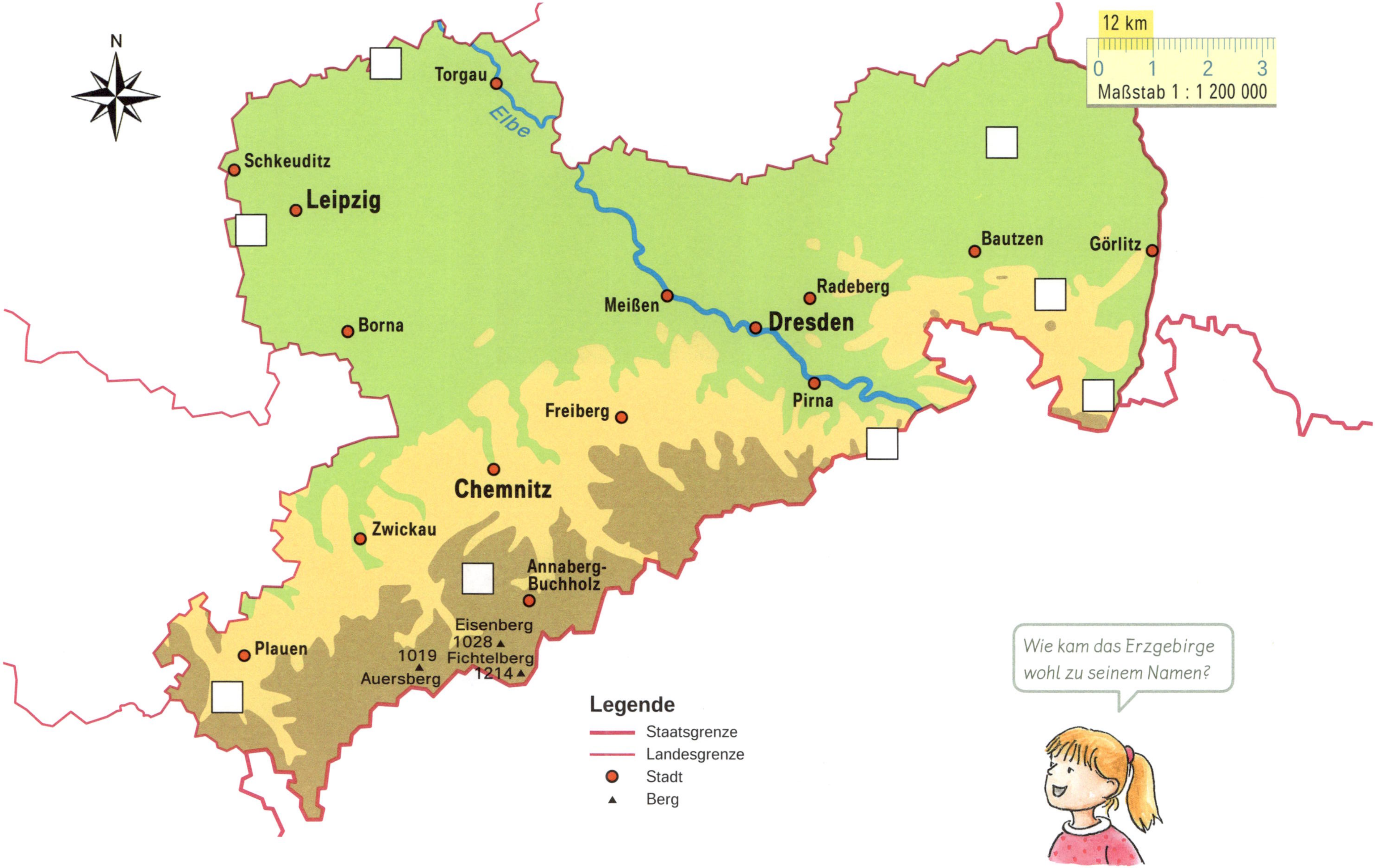
N
12 km
0 1 2 3
Maßstab 1 : 1 200 000
Torgau
Elbe
Schkeuditz
Leipzig
Borna
Meißen
Radeberg
Dresden
Bautzen
Görlitz
Pirna
Freiberg
Chemnitz
Zwickau
Annaberg-
Buchholz
Eisenberg
1028
Fichtelberg
1214
1019
Auersberg
Plauen
Legende
Staatsgrenze
Landesgrenze
Stadt
Berg
Wie kam das Erzgebirge wohl zu seinem Namen?

Gewässer

In Sachsen gibt es Flüsse, Bäche und Seen. Der größte Fluss Sachsens ist die Elbe. Es gibt natürliche Seen wie in der Oberlausitz, aber auch künstlich angelegte Seen. Künstliche Seen wurden in früheren Braunkohleabbaugebieten angelegt, z. B. der Cospudener See bei Leipzig, oder als Stauseen, z. B. die Talsperre Pöhl.

1 Welche Gewässer gibt es in deiner Umgebung? Schreibe sie auf.

____

____

____

2 Benenne die größten Flüsse Sachsens. Arbeite mit der großen Sachsenkarte.

1 ______________ 4 ______________

2 ______________ 5 ______________

3 ______________ 6 ______________

Sachsen zählt zu den Bundesländern mit den meisten Talsperren. Diese versorgen uns mit Trinkwasser, schützen vor Hochwasser und dienen der Energiegewinnung. Die größte ist die Talsperre in Eibenstock.

Talsperre Eibenstock

3 Liste einige Talsperren Sachsens auf. Nutze die große Sachsenkarte.

____

____

____

4 Zeichne die sechs größten Flüsse Sachsens in deine Kartenskizze auf Seite 23 blau ein. Gib die Fließrichtung mit einem Pfeil an.

5 Welche bedrohten Tiere leben in und an Sachsens Gewässern? Recherchiere.

____

____

MK Aufgabe 5

Diesen Brief habe ich in einer Flaschenpost gefunden: „Dobry den! Imenuji se Miklos. Bydlim v Cechy. Ahoj!"

Welche Sprache ist das und woher kommt die Flasche?

Unterwegs in Landkreisen und kreisfreien Städten

Sachsen ist in zehn Landkreise und drei kreisfreie Städte gegliedert.

1 In welchem Landkreis oder welcher kreisfreien Stadt lebst du? Umfahre die Grenze.

Eine kreisfreie Stadt muss mindestens 100 000 Einwohner haben. Sie erledigt die Aufgaben, die sonst ein Landkreis hat, in eigener Zuständigkeit.

2 Beschreibe die Lage deines Landkreises oder deiner kreisfreien Stadt.

____

3 Löse die Rätsel.

Der nördlichste Landkreis ist der bevölkerungsärmste. ________________

Der bevölkerungsreichste Landkreis grenzt im Norden an die kreisfreie Stadt Chemnitz und im Süden an die Tschechische Republik. ________________

Der flächengrößte Landkreis grenzt im Osten an den Landkreis Görlitz und im Westen an den Landkreis Meißen. ________________

4 Entwirf eigene Rätsel und stelle sie deinem Partner oder deiner Partnerin.

In Sachsen gibt es viele Städte, die über die Landesgrenzen hinaus bekannt sind. Sie sind Kurorte, Industriestandorte oder auch weltbekannt durch ihre Kultur.

5 Recherchiere, in welchem Landkreis oder in welcher kreisfreien Stadt folgende Sehenswürdigkeiten liegen. Nutze auch die große Sachsenkarte.

Gondwanaland

Stadt Leipzig

Automobilmuseum „August Horch“

Porzellanmanufaktur

Musikinstrumentenmuseum Markneukirchen

Schloss Hartenfels Torgau

Lessingturm Kamenz

Umgebindehaus bei Zittau

Wasserturm Mittweida

Göltzschtalbrücke bei Reichenbach

MK Aufgabe 5

Eine Stadt in Sachsen

1 Viele Städte in Sachsen sind eine Reise wert. Ergänze den Steckbrief zu einem Ort, den du interessant findest. Nutze die große Sachsenkarte und recherchiere weiter.

Name: ______________________

Klebe hier ein Foto ein.

Lage (Himmelsrichtung, Landschaft, Höhe, Gewässer): ______________________

Landkreis: ______________________

Kreisstadt: ______________________

Einwohnerzahl: ______________________

Sehenswürdigkeiten und Museen: ______________________

Deshalb habe ich mich für diesen Ort entschieden: ______________________

MK Aufgabe 1

Bundesrepublik Deutschland

Karte zum Bücherwurm Sachheft 4; Ausgabe Sachsen

Sachsen

Physische Übersicht

Höhenschichten

- über 700 m
- 500 – 700 m
- 300 – 500 m
- 200 – 300 m
- 100 – 200 m
- 0 – 100 m

• 764 Höhe in m über dem Meeresspiegel

Orte

- 500 000 – 1 000 000 Einwohner
- 100 000 – 500 000 Einwohner
- 20 000 – 100 000 Einwohner
- unter 200 000 Einwohner

Grenzen

- Grenze von Sachsen
- Staatsgrenze (Grenze zum Ausland)
- Landesgrenze

Gewässer

- Fluss

7,7 km

0 1 2 3

Maßstab 1 : 770 000

C
D
E
F
Niederlausitz
Cottbus
Forst
Sorau (Zary)
Schwarze Elster
161
Finsterwalde
Brandenburg
Spremberg
184
229
POLEN
Senftenberg
Weißwasser (Běła Woda)
110
Lauchhammer
Muskauer Heide
Hoyerswerda (Wojerecy)
Lauta (Luty)
116
Schraden
84
Gröditz
Gohrisch-heide
Oberlausitzer Heide- und Teichlandschaft
Großenhainer Pflege
214
Niesky (Niska)
Neiße
schatz
Riesa
Großenhain
Kamenz (Kamjenc)
Oberlausitz
Spree
Laußnitzer Heide
414
Friede-wald
ommatzscher Pflege
Görlitz (Zhorjelc)
Görlitz (Zgorzelec)
Bautzen (Budyšin)
420
Löbau (Lubij)
561
Bischofswerda (Biskopicy)
Meißen
Coswig
Döbeln
Radebeul
Radeberg
Dresdener Heide
Auf dem Eigen
Lausitzer Bergland
Kottmar 583
Herrnhut (Ochranow)
Dresden
Freital
Sebnitz
Tanzplan 596
Bad Schandau
Pirna
Zittau (Zitawa)
Reichenau (Bogatynia)
Freiberg
Dippoldiswalde
Warnsdorf (Varnsdorf)
Zittauer Gebirge
Gr. Zschirnstein 561
Glashütte
Elbsandsteingebirge
793 Lausche
Neiße
Brand-Erbisdorf
Talsperre Lehnmühle
Reichenberg (Liberec)
Lausitzer Gebirge
726
Tetschen (Děčín)
Talsperre Saidenbach
901
Zinnwald-Georgenfeld
Jeschken 1012
Erzgebirge
Aussig (Ústí n.L.)
Elbe
Böhmisch Leipa (Česká Lípa)
696
Olbernhau
erg
Teplitz (Teplice)
956
726
Litvínov
Böhmisches Mittelgebirge
Donnersberg 837
Leitmeritz (Litoměřice)
638
aberg-hholz
Brüx (Most)
Jungbunzlau (Mladá Boleslav)
Komotau (Chomutov)
Eger
178
rg
155
Moldau
Iser
Duppauer Geb.
TSCHECHISCHE REPUBLIK
Elbe
Burgstadl 934
536
Kladno
Prag (Praha)
488

Europa

1*- zu Europa gehörender Teil der Türkei

Die Sorben in der Oberlausitz

In Sachsen und Brandenburg leben die Sorben, eine nationale Minderheit eines slawischen Volkes. In der Oberlausitz leben etwa 40 000 sorbische Menschen. Ihre Bräuche und Traditionen sind bis heute erhalten geblieben und werden gepflegt. Viele sorbische Kinder lernen neben Deutsch auch die Sprachen Obersorbisch oder Untersorbisch. In Bautzen/Budyšin befindet sich das Sorbische Museum. Hier kann man entdecken, wie die Sorben früher lebten.

○ 1 Ergänze die sorbischen Namen dieser Städte in der Oberlausitz. Nutze die große Sachsenkarte.

Kamenz ______________________ Löbau ______________________

Hoyerswerda ______________________ Görlitz ______________________

◒ 2 Besonders bekannt sind die sorbischen Osterbräuche. Welche Bräuche sind das? Recherchiere und schreibe auf.

______________________ ______________________

◒ 3 Die Sorben tragen Trachten. Beschreibe die Tracht auf dem Foto. Recherchiere, wann sie getragen wird.

○ 4 In der sorbischen Kultur gibt es viele Sagen und Märchen. Sucht nach sorbischen Märchen und Sagen. Lest sie und erzählt sie euch.

MK Aufgabe 2, 3, 4

Ein Rundgang durch Dresden

Dresden ist die Hauptstadt von Sachsen. Außerdem ist sie Kunst- und Kulturstadt, ein wichtiges wirtschaftliches Zentrum sowie Verkehrsknotenpunkt in Sachsen. Hier haben die Landesregierung und ihre Ministerien ihren Sitz.

1 Entdecke Dresden auf einem Stadtrundgang. Zeichne den Weg auf dem Stadtplan ein.

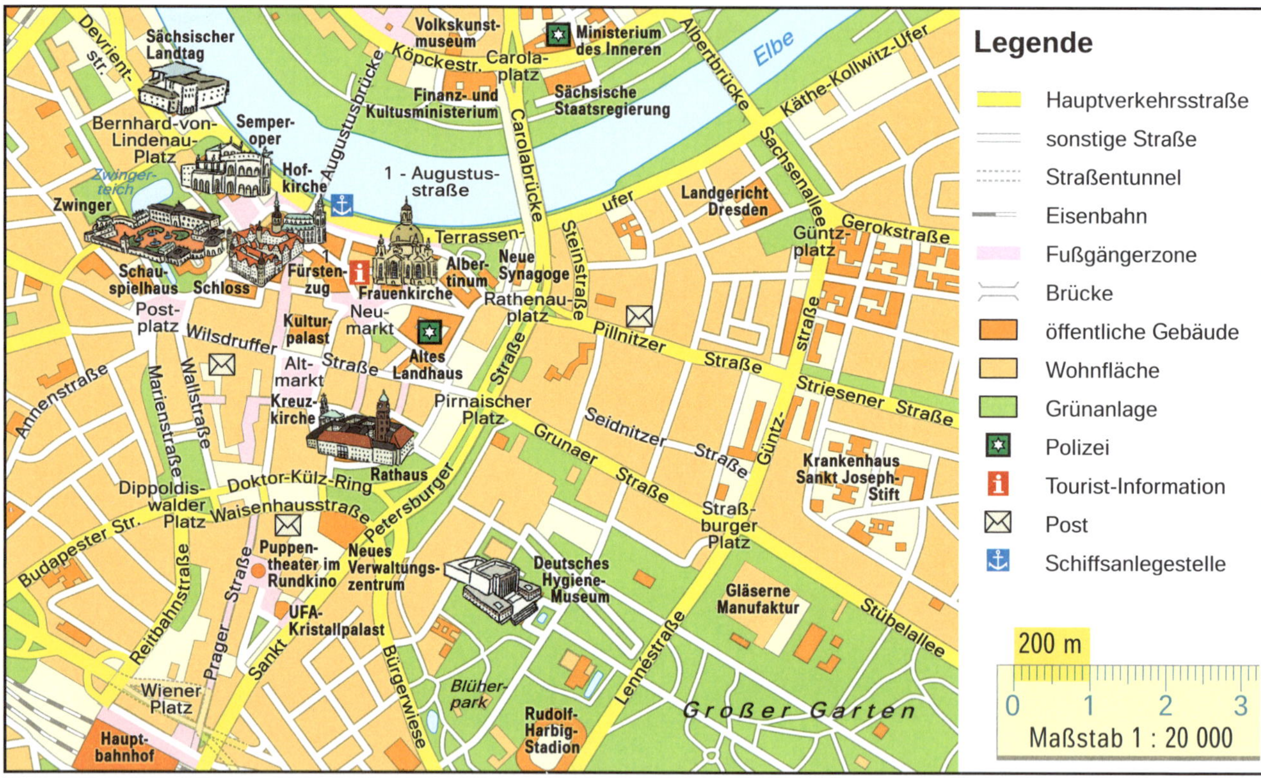

Gehe vom Hauptbahnhof die Prager Straße entlang bis zum Rathausplatz. Hier befinden sich das Rathaus und die Kreuzkirche. Finde heraus, welcher Chor hier sein Zuhause hat.

____

Spaziere weiter Richtung Norden und überquere die Wilsdruffer Straße. Welches Gebäude liegt links von dir und was befindet sich dort?

____

____

____

____

Laufe durch die Galeriestraße bis zum Neumarkt. Hier befindet sich ein für Dresden geschichtlich bedeutsames Gebäude. Viele Jahre war es eine mahnende Ruine. Ergänze seinen Namen und finde heraus, warum es so bedeutsam für die Stadt ist.

Vom Neumarkt aus gehst du nach links die Augustusstraße entlang und entdeckst ein riesiges Wandbild. Wovon handelt es?

Schlendere geradeaus weiter und du kommst zu einer Ansammlung alter Bauwerke. Nenne Sie.

Dein Weg führt dich an der weltbekannten Semperoper vorbei. Hinter der Semperoper, direkt an der Elbe befindet sich ein weiteres wichtiges Gebäude. Welches?

Hier sitzt das Parlament von Sachsen, der sächsische Landtag. Darin arbeiten die vom Volk gewählten Vertreterinnen und Vertreter verschiedener Parteien. Sie heißen Abgeordnete. Aller fünf Jahre werden die Abgeordneten neu gewählt. So können die Bürgerinnen und Bürger mitbestimmen, wie sich das Land Sachsen entwickelt.
Die Abgeordneten des Landtages treffen Entscheidungen für Sachsen, kontrollieren die Landesregierung und beschließen Gesetze.

Finde heraus, welche Parteien im Sächsischen Landtag vertreten sind.

___

___

___

Du gehst an der Elbe zurück in Richtung Terrassenufer. Hier hast du einen wunderschönen Blick über die Elbe und siehst die Anlegestellen der Dampfschiffe. Schreibe auf, was an diesen Schiffen besonders ist. Informiere dich über eine Route eines dieser Schiffe.

Besonderheit: ___

___

Route: ___

___

Sieh dich noch einmal um – du kannst eine der schönsten und ältesten Brücken Dresdens bestaunen, die ___

Du überquerst diese Brücke und gelangst auf die andere Seite der Elbe. Gehe nach rechts. Auf dem Weg zur Carolabrücke passierst du folgende Ministerien:

___

___

___

Dein Rundgang führt dich nun über die Carolabrücke. Von der Brücke aus siehst du links die Sächsische Staatskanzlei. Hier sitzt die Regierung Sachsens mit seinem Ministerpräsidenten. Wer ist Ministerpräsident des Freistaats Sachsen?

Am Ende der Carolabrücke befindet sich die Neue Synagoge. Eine Synagoge ist ein Gebäude, in dem sich die jüdische Gemeinde zum Gottesdienst versammelt.

Entlang der Sankt Petersburger Straße und der Bürgerwiese gelangst du zum Blüherpark. Hier lohnt sich ein Abstecher in ein Museum, in dem sich die „Gläserne Frau" befindet. Um welches Museum handelt es sich und von wem wurde es gegründet?

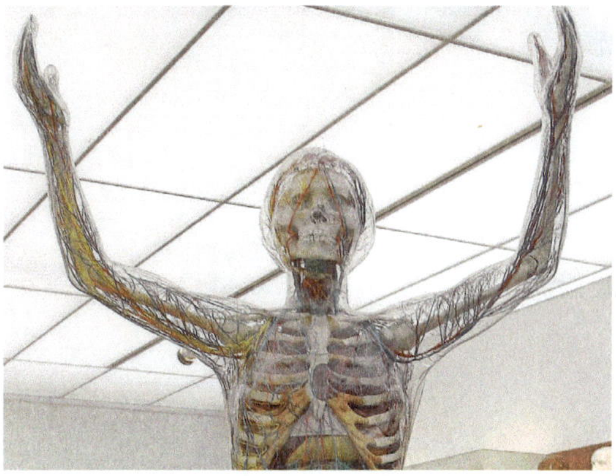

Nun geht es zurück zum Hauptbahnhof.

2 Welche interessanten Dinge hast du auf deinem Rundgang durch Dresden noch entdeckt oder erfahren?

3 Erstelle einen Steckbrief zu Dresden.

Das Leipziger Neuseenland

Der Cospudener See gehört zum Leipziger Neuseenland. Er bietet viele Freizeitmöglichkeiten und wird von den Leipzigern gern zur Naherholung genutzt.

1 Arbeite mit einem Partner oder einer Partnerin. Stellt euch vor, ihr unternehmt einen Ausflug zum Cospudener See. Plant den Tag. Startet bei der Kirche in Markkleeberg. Beschreibt euren geplanten Ausflug.

Das Gebiet des heutigen Neuseenlandes war über Jahre ein Abbaugebiet für Braunkohle. Diese wurde mit großen Baggern aus dem Erdreich gefördert. Danach blieben riesige Löcher in der Landschaft zurück. Doch Stück für Stück wurden und werden naturnahe Lebensräume wie Seen und Wälder oder Ackerflächen wiederhergestellt.

Früher wurde sehr viel Strom aus Braunkohle gewonnen. Aber das ist nicht gut für die Umwelt. Welche Energiegewinnung ist umweltfreundlicher?

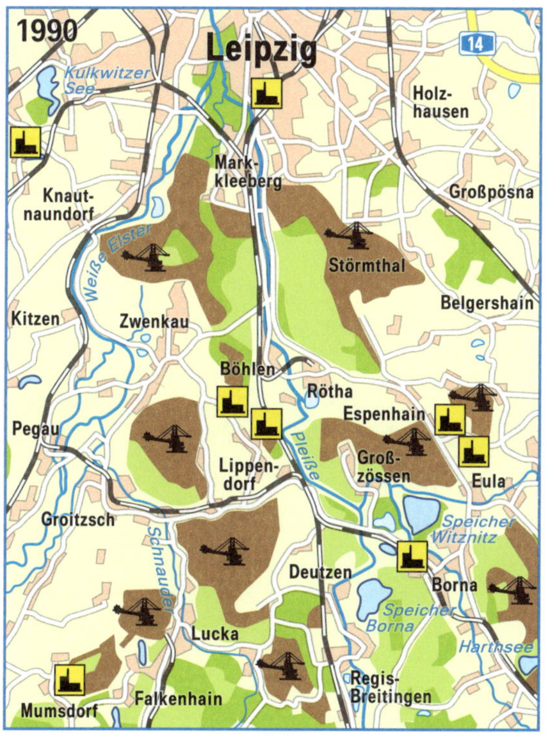

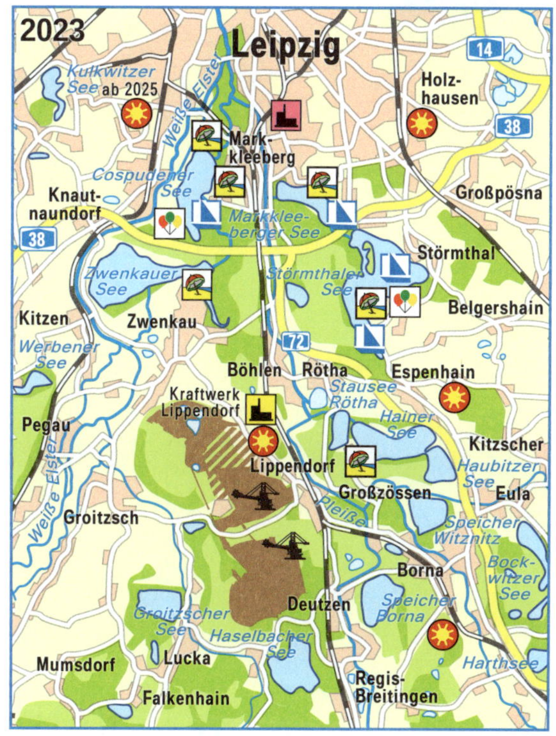

2 Betrachte beide Karten. Was hat sich verändert? Liste drei Beispiele auf.

____

____

____

3 Schreibe die Namen von vier großen Seen auf. Nutze die Karte aus dem Jahr 2023.

____

____

Produkte unseres Landes

Viele Dinge, die du täglich benutzt oder denen du oft begegnest, werden in Sachsen hergestellt.

1 Wie heißen die Produkte auf den Bildern und wo werden sie hergestellt? Recherchiere.

2 Welches Produkt wird in deiner Umgebung hergestellt und von welcher Firma? Beschreibe das Produkt und klebe ein Bild ein oder male.

Produkt: ____________________

Hersteller: ____________________

Beschreibung: ____________________

3 Was ist dir beim Kauf eines Produktes wichtig? Sprecht in der Klasse darüber. Die Fragen können dir helfen.

Wofür brauche ich das Produkt? Wie hoch ist der Preis? Wie ist die Qualität? Wo wird das Produkt hergestellt? Woher kommen die Rohstoffe? Können Teile davon recycelt, also wiederverwertet werden?

Aufgrund fruchtbarer Böden und eines günstigen Klimas kann man in Sachsen verschiedene landwirtschaftliche Produkte anbauen, darunter viele Obstsorten. Diese werden in Betrieben zu Säften, Wein, Konfitüren und anderem weiterverarbeitet.

4 Finde heraus, welche landwirtschaftlichen Produkte in deiner Umgebung erzeugt werden.

5 Die Bilder zeigen, wie Saft produziert wird – von der Ernte bis zum Verkauf. Beschrifte und nummeriere sie in der richtigen Reihenfolge.

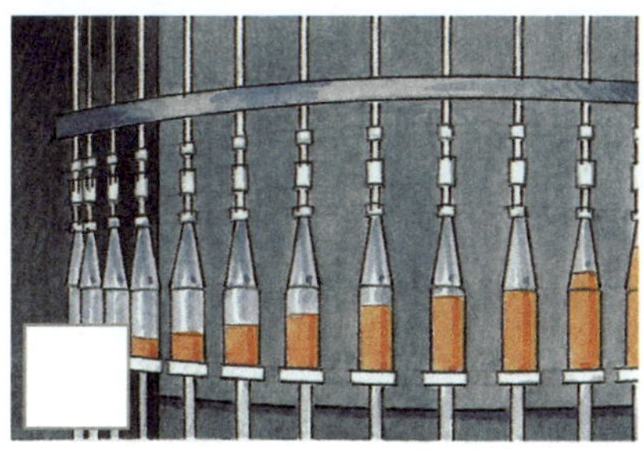

Autos aus Sachsen

Die Automobilindustrie hat in Sachsen eine lange Tradition. Die erste Autofabrik wurde bereits 1904 von August Horch in Zwickau gegründet. Heute gibt es drei große Standorte der Automobilindustrie: Zwickau, Dresden und Leipzig.
An diesen Standorten wurde in den letzten Jahren auch die Produktion von Elektroautos eingeführt. Es werden umweltfreundliche Autos benötigt, um den Klimawandel aufzuhalten.

1 Recherchiere, an welchen Standorten diese Automodelle hergestellt werden?

BMW i3

VW ID 3

VW ID 4

2 Ordne die einzelnen Herstellungsschritte der Automobilproduktion den Abbildungen zu.

Karosseriebau	Lackiererei	Montage	Presswerk

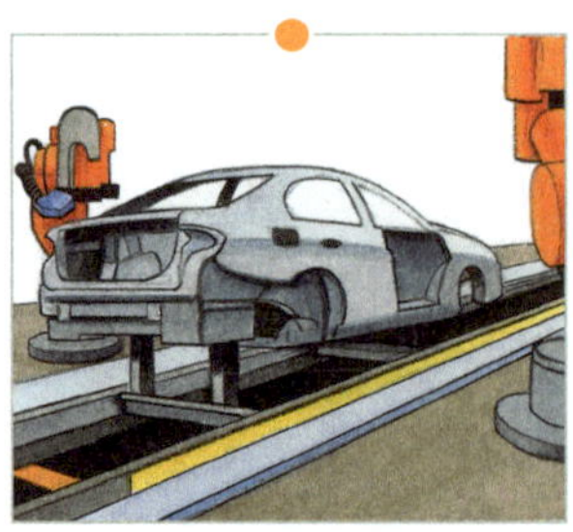

MK Aufgabe 1

Eine Kartenskizze zeichnen

1 Lege zur Kartenskizze eine Legende an.

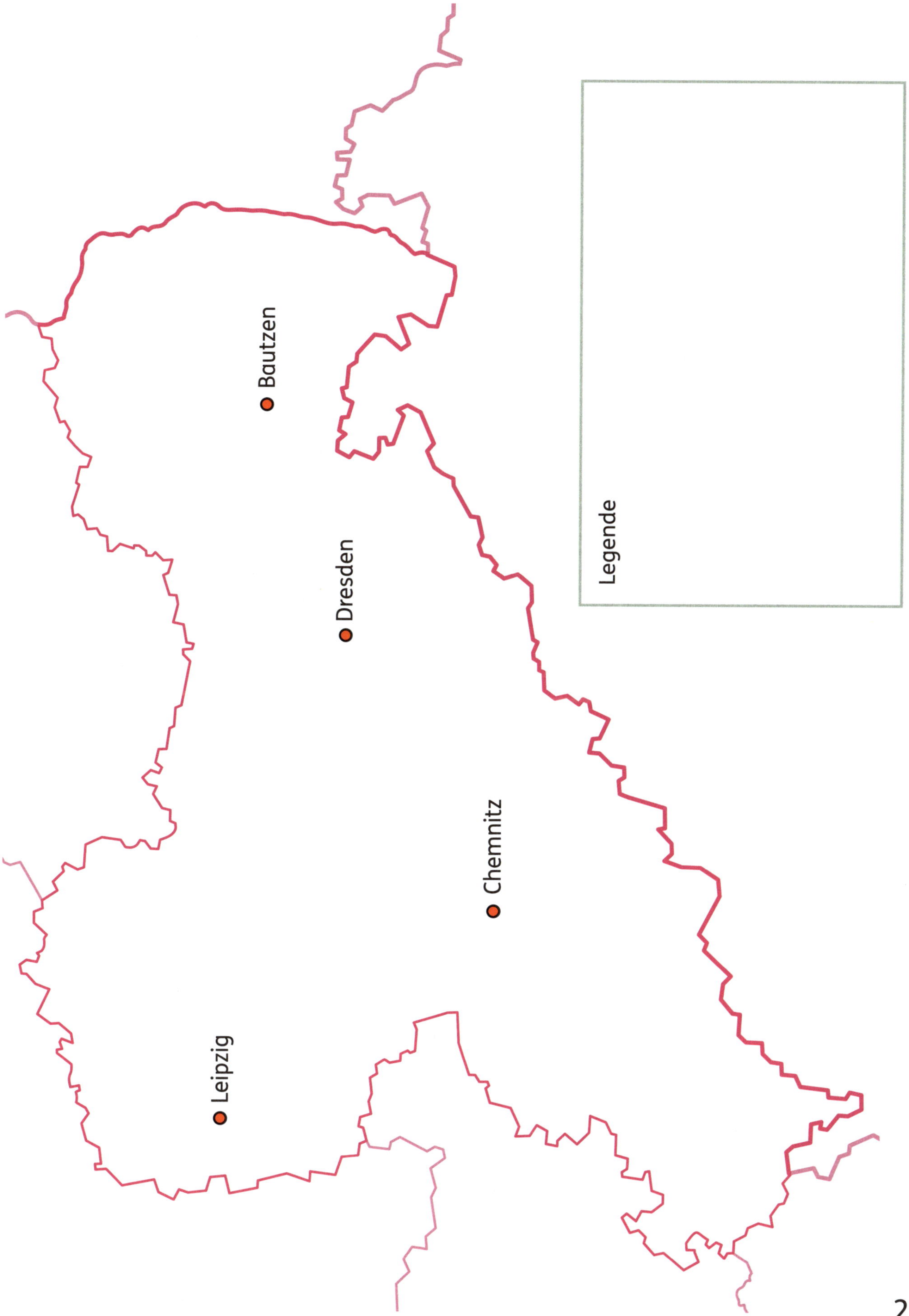

Quellennachweis

akg-images, Berlin (Günter Schneider), **18.1**; Alamy stock photo, Abingdon (robertharding), **16.2**; Ernst Klett Verlag GmbH, Stuttgart, **10.2; 14.2**; Freistaat Sachsen, **2.1; 2.2; 2.3; 2.4; 2.5; 2.6**; Getty Images Plus, München (wrangel/iStock Editorial), **13.2**; imago images, Berlin (Daniel Schäfer), **11.6**; (McPHOTO), **11.4**; (Stefan Hässler), **17.3**; (suedraumfoto), **11.3**; iStockphoto, Calgary, Alberta (Rhoberazzi), **4.1**; (Sunny Window), **6.2**; Kartographiebüro Müller & Richert, Gotha, **23.1**; Mit freundlicher Genehmigung der Sächsischen Staatskanzlei, **1.2**; mr-kartographie Ingenieurbüro und Verlag, Gotha, **ME.1; ME.3; 3.1; 5.1; 7.1; 9.1; 10.1; 14.1; 18.2; 19.2; 23.1**; Müller, Klaus, Berlin, **23.2**; Picture-Alliance, Frankfurt/M. (AP Photo / Eckehard Schulz), **11.2**; (ZB), **13.4**; Reich, Bettina, Zwenkau/Leipzig, **1.1; 20.4**; SÄCHSISCHE STAATSKANZLEI, Dresden, **ME.2**; ShutterStock.com RF, New York (footageclips), **17.2**; (Inga Nielsen), **21.1**; (Photo Oz), **22.1**; stock.adobe.com, Dublin (Animaflora PicsStock), **11.9**; (Buesi), **6.1**; (elxeneize), **15.2**; (eyetronic), **15.1**; (fl0ri0604), **14.3**; (Freesurf), **15.3**; (G.Matthias Schüler), **16.1**; (Jutta Adam), **6.3**; (Mark), **13.3**; (matthiasphuong), **6.4**; (steschum), **11.5**; (stylefoto24), **11.7; 11.8**; (till beck), **11.1**; (TTstudio), **15.4**; (13threephotography), **17.1**; ullstein bild, Berlin (EUROLUFTBILD. DE), **8.1**; (Probst), **13.1**; Volkswagen AG, Wolfsburg, **22.2; 22.3**; Walentowitz, Steffen, Jever, **20.1; 20.2; 20.3; 21.2; 21.3; 21.4; 21.5; 21.6; 21.7; 22.4; 22.5; 22.6; 22.7**

Aufgaben-Piktogramme:

MK Aufgaben zur Entwicklung der Medienkompetenz.

Schreibe. | Kreise ein.

Male. | Verbinde.

Beschreibe. Sprecht darüber. | Stelle her. Probiere aus.

Die Reisefibel können Sie nachbestellen als 5-er Pack unter der ISBN: 978-3-12-310812-9.

1. Auflage 1 9 8 7 6 5 | 28 27 26 25 24

Alle Drucke dieser Auflage sind unverändert und können im Unterricht nebeneinander verwendet werden.
Die letzte Zahl bezeichnet das Jahr des Druckes.

Entstanden in Zusammenarbeit mit dem Projektteam des Verlages.

Beratung: Christian Felgner, Dana Graber

Autorin und Autor: Silvia Baber, Simon Lewek

Gestaltung: know idea gmbH , Freiburg
Titelbild: Bettina Reich, Zwenkau
Satz: Anja Fengler, Potsdam
Druck: Druckhaus Götz GmbH, Ludwigsburg

Printed in Germany
ISBN 978-3-12-310849-5

zur
ISBN **978-3-12-310849-5** und
ISBN **978-3-12-310814-3**